KB113793

톱스타 이건우

톱스타 이건우 6

크레도 장편소설

초판 1쇄 찍은 날 § 2018년 1월 16일
초판 1쇄 펴낸 날 § 2018년 1월 23일

지은이 § 크레도
펴낸이 § 서경석

총괄팀장 § 최하나
편집책임 § 이선근
편집 § 김슬기

펴낸곳 § 도서출판 청어람
등록번호 § 제387-1999-000006호
등록일자 § 1999. 5. 31
어람번호 § 제1-2830호

주소 § 경기도 부천시 부일로 483번길 40 서경B/D 3F (우) 14640
전화 § 032-656-4452 팩스 § 032-656-4453
http://www.chungeoram.com
E-mail § chungeorambook@daum.net

ISBN 979-11-04-91607-6 04810
ISBN 979-11-04-91462-1 (세트)

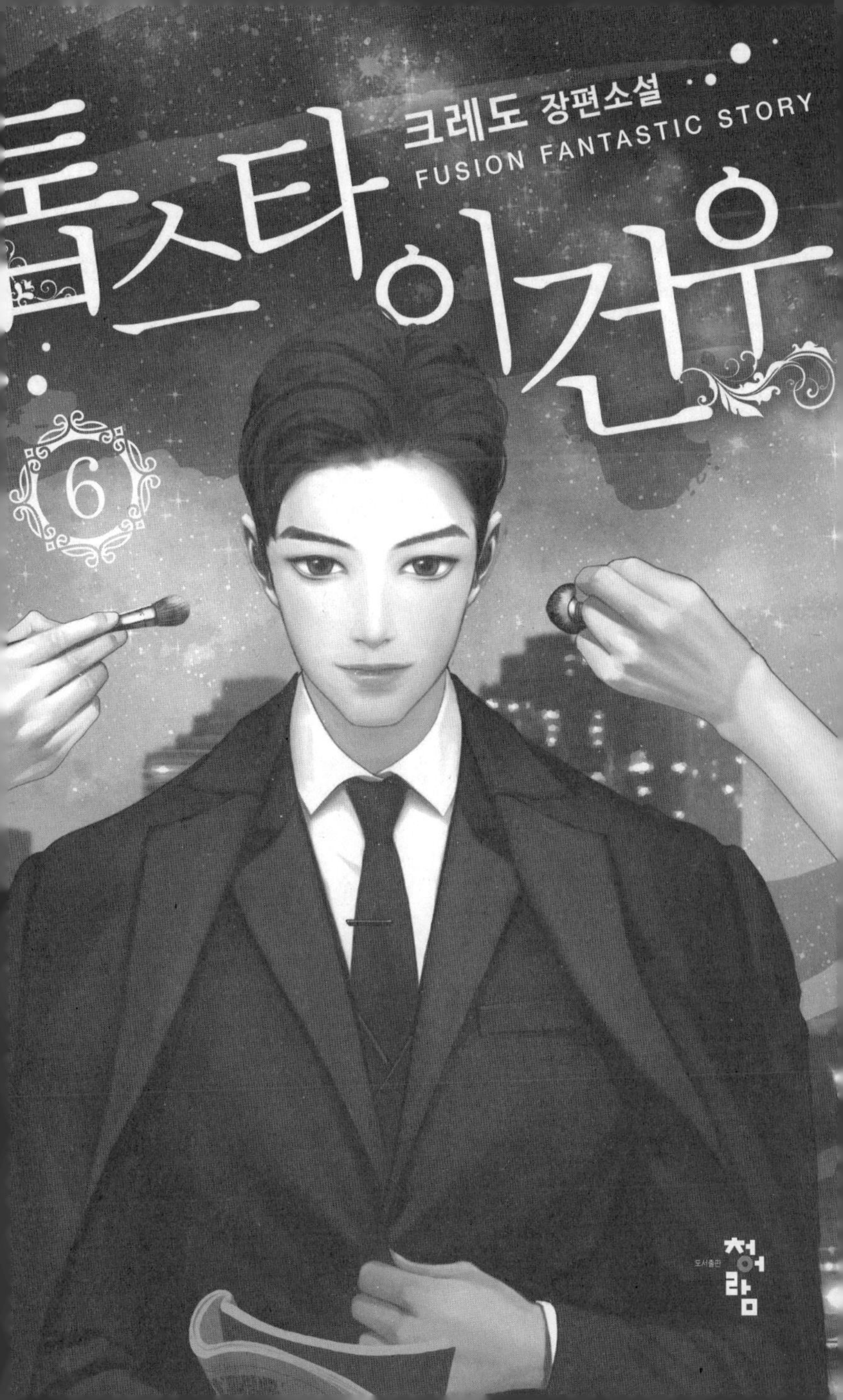

크레도 장편소설
FUSION FANTASTIC STORY
톱스타 이건우
6
도서출판 청어람

Contents

1. 요정왕과 대본 리딩

몸을 풀던 에란 로비가 잠시 숨을 고르더니 입을 열었다.

"이 시간이 가장 좋은걸."

"그래?"

"돈 받고 해도 반드시 할 것 같아. 빨리 시작하자."

에란은 이미 준비운동까지 마친 상태였다. 제시카와 셸리, 그리고 배우들이 옷을 갈아입고 모여 있었다. 총 6명이었는데, 주연급은 에란과 건우뿐이었고 나머지는 조연이었다. 대부분 요정왕의 충실한 부하로 출연할 예정이었다.

건우가 옷을 갈아입고 나오자 모두 초롱초롱한 눈으로 건우를 바라보았다. 누가 보더라도 기대가 가득한 눈빛이었다. 제시카와 셀리의 경우에는 건우에 대한 호감도 있었지만 경외와 존경에 가까운 감정도 품고 있었다.

건우는 어느덧 일상이 되어버린 이런 풍경이 새삼 신기했다.

'어쩌다 이렇게 되었지?'

본래 건우는 쾌적하고 넓은 공간에서 수련을 하기 위해 일찍 나오기 시작한 것이었다. 아무래도 여러 도구들이 있으니 딱 좋았다.

건우가 지도에 참여하면서 에란이 뒤따라 나온 것이 계기였다. 은근슬쩍 한두 명씩 나오기 시작하더니 이제는 E팀 전체가 한 시간 일찍 나오기 시작했다.

일단 건우와 같이 수련을 하게 되면 잡념이 사라지고 정신이 맑아졌다. 거기에서 오는 쾌감과 성취감은 대단해서 배우들은 최근에 고통스러웠던 수련이 즐거워지고 있었다.

건우가 해주는 건 자세 교정과 트레이닝 전 간단한 준비운동이었다. 최근에는 액션신에 도움이 되는 움직임도 가르쳐주고 있었다.

그것만으로도 훈련 성과가 상승했다. 그렇게 이것저것 봐주다 보니 건우도 꽤 집중하게 되었다. 딱히 무공 같은 개념도 아닐뿐더러 조금의 수고로 액션도 다채로워지고 친분도 생기니 건우로서도 즐겁게 하고 있었다.

딱히 보수를 받지는 않고 있지만 건우는 이들이 자신에게 빠져들고 있는 것을 느꼈다. 그것만으로도 충분하다고 생각했다.

'애초부터 현대에서 무공 전수는 어렵겠지.'

어려서부터 기감을 키워야 하는데, 지금 그랬다가는 아동학대였다. 명문정파에 경우에는 대략 5살 때부터 고문에 가까운 수련을 해야 했다. 자질이 있어도 불혹의 나이에 일류고수 정도가 되는 경우도 있었다. 대단한 천재의 경우에만 그 벽을 넘을 수 있었다.

게다가 지금은 기운도 탁해 깊은 산속이 아니고서는 주화입마에 걸려 죽기 딱 좋았다. 건우의 경우는 무공에 있어서는 천재이기도 했고 아주 특수한 경우가 겹쳐 가능한 것이었다.

"하나! 둘!"

"핫!"

건우의 구령에 맞춰 모두 동작을 펼쳤다. 무술 도장 같은 느낌이 났다. 천천히 건우가 알려준 동작을 펼치는 것임에도 모두의 얼굴에 땀이 송글송글 맺혔다. 건우가 가르쳐 준 동작은 반드시 완벽한 자세로 펼쳐야 했다.

건우가 그들의 기운을 흡수하면서 기감이 발달한 탓일까? 배우들은 건우의 곁에 있는 것만으로도 상쾌한 기분이 되었다. 비유를 하자면 효과가 몇 배나 좋은 산림욕을 하는 기분이었다.

몸은 힘들었지만 정신은 맑아졌다. 온갖 좋은 것을 먹고 관리를 받았는데, 이런 기분을 느껴본 적이 단 한 번도 없었다. 덕분에 배우들은 하루하루가 즐거워지는 것을 느꼈다.

건우는 먼저 에란의 자세를 봐줬다. 처음 봤을 때보다 몸매가 상당히 날렵해져 있었다. 힘도 많이 붙어 동작에도 힘이 있어 보였다.

'습득이 빠르네.'

건우는 가르치는 보람이 있다고 생각했다. 이어서 다른 배우들도 봐주고 조언을 아끼지 않았다. 한 마디, 한 마디 해줄 때마다 배우들은 몸을 움찔 떨었다.

거친 호흡을 하는 것이 느껴졌다. 조금 많이 과한 반응이었는데, 조금 무섭게까지 느껴졌다.

"음, 물병이……."

건우가 물을 마시려 물병을 찾으려 하자 E팀의 조연배우 하나가 빠르게 뛰어왔다.

"여기 음료수 있습니다."

"아, 괜찮습니다. 그냥 전 물을……."

"제 거는 따로 있습니다. 텀블러는 선물입니다."

"아… 예……."

금발을 지닌 남자 배우는 건우가 고개를 끄덕이자 상쾌한 미소를 그리며 다시 돌아갔다. 고급스러운 텀블러였다. 건우는 텀블러를 자세히 바라보았다.

건우는 흠칫 떨었다.

'Love has no borders.'

'사랑에는 국경이 없다'라고 써져 있었다. 건우가 멍하니 그 글귀를 보다가 조심스럽게 음료수를 마셨다. 수제 음료수인 것 같았다.

"여기 수건 있습니다."

다른 배우가 자신의 차례라는 듯 다가와 뽀송뽀송한 수건을 건넸다. 건우는 그들을 말리고 싶었지만 그만하라고 하면 왜인지 상처를 받을 것 같아 그럴 수 없었다.

건우가 수작을 부리거나 한 것은 절대 아니었다. 이진성과 류웨이, 그 빌어먹을 놈들을 박살 내준 이후로 타인에게 자신의 의도대로 감정을 주입한 적은 단 한 번도 없었다.

저들의 순수한, 자신의 마음에서 나오는 행동이었다.

"아, 음, 여기까지 하죠. 오늘 트레이닝도 힘냅시다."

"네!"

"알겠습니다!"

"열심히 하겠습니다!"

모두 힘차게 대답했다.

배우들의 시선에는 열기가 가득했다. 거친 호흡과 젖은 땀이 어울려 위험하게 보였다. 그들의 시선이 다른 의미로 무서웠다.

'뭐… 괜찮겠지.'

건우는 현실도피를 하기 시작했다.

*　　　　*　　　　*

하늘이 맑은 좋은 날이었다.

각본도 나왔고 촬영 일정이 코앞까지 다가왔다.

중심이 되는 세트장도 거의 다 완성되었다.

나머지 자잘한 세트들은 보통 며칠 만에 완성하고 교체되기를 반복한다고 한다.

굉장히 빠른 작업 속도였다.

크리스틴 잭슨 감독은 광활한 배경, 그리고 그곳에 판타지를 접목시키고 싶어 했다. 대자연에의 경외와 판타지라는 장르의 신비함이 결합된다면 감동을 줄 수 있을 거라 확신했다. 때문에 얼마 전에 크리스틴 잭슨 감독은 스태프들과 뉴질랜드 현지답사를 갔다 왔고 조만간 다시 갈 예정이라 한다.

그곳에서 찍은 사진을 건우에게 전송하고 여러 가지 설명까지 해주기도 했다. 영상통화를 통해 건우에게 요정 마을의 전경까지 보여주었다. 나무와 조화롭게 배치된 집들의 모습이 환상적이었다. 건우도 드물게 감탄하면서 그 풍경을 바라볼 정도였다.

뉴질랜드에 3부작에 쓰일 대규모 세트장을 만들 예정이었다. 막대한 자본이 들어간 작업이었는데, 건우가 출연한 1부가 개봉되고 나서 아예 뉴질랜드로 촬영 장소를 옮긴다고 한다. 건우는 1부만 참여하지만 뉴질랜드에서도 촬영을 해야 했다.

촬영 기간은 10개월로 예정되어 있었다. 짧게 느껴졌지만 상당한 강행군이었고, CG 등 후반 작업이 엄청 시간을 잡아먹으니 개봉되는 것은 후년일 것이다. 1부의 성공 여부에 따라 2부와 3부의 제작 결정은 한꺼번에 내려진다고 한다.

1부에서 죽어버리는 것이 아쉬웠지만 2부, 3부까지 참여한다면 적어도 1년은 더 미국에 남아 있어야 했다.

'아무튼 재미있겠네.'

본격적인 촬영이 기대가 되었다. 드라마보다 몰입을 할 수 있을 것 같았다.

아무튼 오늘 이 화창한 날에 대본 리딩이 있을 예정이었다. 건우는 차량을 타고 대본 리딩 장소로 이동하는 중이었다.

건우는 서서히 배역에 몰입했다.

첫 영화의 첫 대본 리딩이니만큼 완벽하게 해내고 싶었다. 배역 연구를 하거나 연습할 때는 이런 식으로 아예 요정왕 그 자체가 되어 있었다. 크리스틴 잭슨 감독의 연출대로 따라야 하겠지만 그건 현장에서 조정하면 될 일이었다.

건우는 대본을 머릿속에 떠올려 보았다. 건우는 시간이 날 때마다 대사 연습을 했다. 이제 발음도 완벽한 수준이기는 하지만 그래도 영어이니만큼 신경을 써야 했고, 억양 연구도 계속하고 있었다.

'골든 시크릿'에서는 엘프들이 자신의 동족끼리 있을 때 엘프어를 썼다. 즉석에서 만든 것이 아니라, 시중에 엘프어라는 책이 있었는데, '골든 시크릿'의 저자가 취미 삼아 만들었다고 한다. 거기에 시간이 지나면서 여러 가지 설정들이 쌓이고 쌓여 지금의 엘프어가 탄생하게 되었다. 꽤나 우아한 발음이었다. 가짜 언어치고는 상당히 체계적이라 꽤 복잡한 표현까지 할 수 있었다.

'요정왕이니 그래도 영어만 쓸 수는 없지.'

'골든 시크릿'의 세계관에서 영어는 휴먼족이 쓰는 공용어이니만큼, 요정왕이 영어를 쓸 때의 발음도 상상해서 연습 중이었다. 크리스틴 잭슨 감독도 건우의 의견을 듣더니 엄청 흥분하며 적극적으로 받아들여 주었다. 그것만으로도 캐릭터의 개성이 더욱 확 살아난다고 기뻐했다.

아예 엘프 배역을 한 배우 전체에게 그렇게 시킬 기세였다.

건우의 주변에 감돌던 편안한 분위기가 순식간에 절대자에게나 볼 수 있을 법한 위엄으로 바뀌었다. 차량 이동 중 건우는 대사를 여러 번 읊으며 연습을 했다.

건우가 탄 차량은 어느새 라인 브라더스 픽처스 홍보관 쪽으로 향해 갔다.

이번 대본 리딩은 메이킹 영상에 들어간다고 한다. 적당히 편집되어 극장 개봉 전 공개될 예정이니 공개될 시기까지는 아직 멀었지만 홍보용으로 적극 활용될 터였다.

아무튼 그러하니 건우는 스타일리스트의 도움을 받아 꽤나 멋지게 차려입었다. 건우만을 위한 맞춤복이었다. 아무렇게나 기른 머리도 그에게 너무나 잘 어울렸다.

창밖을 보니 홍보관 밖에는 기자들이 몰려 있었다. 안으로 들어갈 수 있는 것은 초청 기자들뿐이었고 다른 기자들은 밖에서 찍는 것만 허락해 주었다.

보안 요원들까지 배치되어 있는 것이 보였다. '골든 시크릿'은 현재 최고의 기대작이었다. 이 정도 관심은 당연한 것이었다.

건우의 차보다 앞에 있는 커다란 밴에서 스테판이 내렸다.

"오, 과연 할리우드 스타."

선글라스를 착용하고 있는 스테판은 여유가 넘쳤다. 사진을 마구 찍는 기자들에게 여유롭게 손을 흔들어주고 시크한 걸음으로 홍보관 안으로 들어갔다. 그 모습은 흡사 패션 잡지의 모델 같이 느껴졌다.

'귀여운 녀석.'

자신이 '골든 시크릿'의 주인공이라는 것을 만방에 알리고 있었다. 건우는 그 모습을 보고 귀여운 놈이라고 생각했다. 그는 꽤나 어설픈 남자였다. 나름 건우를 괴롭히려 하고 있고 무시하고 있기는 한데, 그런 행적이 대단히 조심스러웠다. 악한 사람은 아니었다. 일단, 인종차별적인 발언을 한 배우들을 사람 취급을 하지 않고 있었다.

건우의 매니저가 건우의 그런 소리를 듣고 피식 웃었다.

"건우 씨도 스타시잖아요."

"느낌이 다르다고 할까요?"

"지금까지는 분야가 다르기는 하죠. 음, 세상에서 가장 잘생긴 남자, 가장 섹시한 남자, 목소리가 좋은 남자 세 가지 부분에 1위로 뽑히셨는데요. 참고로 방금 저 배우는 9위입니다."

"그거 공신력 있는 겁니까?"

"그럼요."

건우는 피식 웃고는 고개를 설레 내저었다. 차에서 내리자 기자들이 매서운 기세로 사진을 찍어댔다. 요원들이 통제를 하고 있어 건우에게 접근하지는 못했다.

"빌보드 신기록을 노리고 계신데 소감이 어떻습니까!"

"음반 활동을 안 하는 이유가 궁금합니다!"

"차기 앨범은 언제쯤……."

질문 세례로 엄청 시끄러웠다. 스테판에게는 이런 질문을 하지 않았었지만 건우에게는 유독 질문이 쏟아졌다. 답변을 해주지 않고 들어가도 되었지만 건우는 기자들을 바라보며 입을 떼었다.

"좋네요. 감사합니다. 영화에만 집중하고 싶어 활동을 안 하고 있습니다. 차기 앨범은 당연히 영화 촬영 이후가 될 것 같습니다. 아! 거기 발밑 조심하세요. 다칩니다."

건우는 여유롭게 답해주고 안으로 들어갔다. 안내에 따라 대본 리딩이 있는 장소로 향했다.

문 앞에 여럿이 모여 있는 게 보였다. 에란과 제시카, 그리고 E팀의 배우였다. 어제까지 같이 합숙하면서 막판까지 훈련을 같이한 사이라 친한 친구를 만나는 것처럼 반가웠다. 처음에 만났을 때는 건우는 물론이고 E팀 배우들 사이도 어색했지만 지금은 완전히 친구가 되어 있었다.

동료 의식을 넘어 무언가 끈끈한 유대감이 느껴졌다.

"건우, 왔어?"

"안 들어가고 뭐해?"

"요정왕이 안 들어갔는데 어떻게 들어가?"

"참 나."

딱히 반론해 줄 말이 없었다. 그냥 차라리 처음처럼 무시해 줬으면 하는 바람도 있었다.

아무튼 처음 만났을 때보다 에란도 물론이고 다른 배우들도 표정이 밝아져 있었다. 퍼석했던 피부도 생기가 돌았고 눈빛도 반짝였다. 딱 봐도 엄청 생기가 넘치는 것이 대단히 건강해 보였다.

"일단 들어가죠."

건우가 앞장서서 가자 모두 따라 들어왔다. 골목대장이라도 된 기분이었다. 안으로 들어가니 정사각형 모양으로 의자들이 놓여 있었다. 카메라들도 있었고 초청받은 기자들의 모습도 보였다.

가장 먼저 와 있는 사람은 크리스틴 잭슨 감독이었다. 건우를 보자마자 벌떡 일어나 반겼다.

"오! 건우! 오랜만! 요정왕께서 강림하셨군. 아, 그리고 엘프 팀도 반가워요."

"그렇게 오랜만인 것 같지는 않는데요."

"하하, 부끄러워하기는. 아! 요즘 잘나가던데 축하해."

건우는 웃으면서 크리스틴 잭슨 감독과 포옹했다. 누가 보면 오랫동안 사귄 친구처럼 보일지도 몰랐다. 먼저 와 있던 배우와도 인사를 나눴다.

노년의 배우 이안 마르켈과는 처음 보는 사이임에도 건우를 반갑게 환영해 주었다.

"반갑네. 내 이름은 알고 있겠지?"

"그럼요. 반갑습니다. 제 이름은……."

"알고 있네. 허허! 요즘 자네를 모르면 간첩이지. 노래 아주 잘 듣고 있네. 꼭 빌보드 기록을 깨주게나"

"노력해 보겠습니다."

그는 노년의 마법사로 나왔다. 아주 많은 영화에 출연한 세계적인 영화 배우였다. 건우도 그가 나온 영화를 꽤 좋아했다. 그 밖에 다양한 종족의 배우들과도 인사를 나눴다. 건우의 자리는 스테판의 옆이었다. 그리고 건우의 옆에 에란이 자리했다.

장소가 큰 만큼 모두의 자리에는 마이크가 마련되어 있었다. 대사가 안 들릴 일은 없을 것 같았다.

"정말 보기 좋은 그림이야. 그렇죠? 이안."

"허허, 생각했던 것보다 더 좋군."

크리스틴 잭슨 감독과 이안의 말이었다. 스테판은 건우의 옆에 있으니 표정이 굳어졌다. 건우가 그에게 은근한 압박을 주었다. 건우는 스테판을 귀여운 놈이라고 생각하고 있지만 그래도 자신에게 도발해 오는 만큼 적당히 상대해 주고 있었다.

다소 유치하지만 해가 없는 선에서 그치고 있었다.

"히, 히익!"

"윽!"

건우에게 대놓고 폭언을 하던 두 배우는 건우와 눈이 마주치자 크게 놀라며 눈을 깔았다. 다툼 없이 평화로운 것이 제일 좋은 일이었다.

상당히 많은 인원들이 자리해 있었다. 가장 주목을 끄는 것은 엘프 역의 배우들이었다. 그리고 당연히 그들 중에서도 건우였다.

잠시 후 대본 리딩이 시작되었다. 으레 그렇듯 대본 리딩 전에 간단한 자기소개가 있었다. 크리스틴 잭슨 감독이 먼저 일어났다. 건우가 겪은 대본 리딩과 조금 다른 점이 있다면 조금 더 자유로운 분위기였다.

크리스틴 잭슨 감독이 일어나자 모두 박수를 쳤다. 크리스틴 잭슨 감독은 박수에 가볍게 화답하고는 배우들을 한차례 둘러보더니 입을 떼었다.

"이런 날이 오게 되다니, 정말 기쁘고 즐겁습니다. 그러나 마음 한편이 무겁기도 합니다. 우선 불행한 사고로 이 자리에 함께하지 못한 레이먼 진스 씨의 쾌유를 빌어주는 시간을 가져봅시다."

잠시 말을 멈추고 레이먼 진스의 쾌유를 비는 시간을 가졌다.

"그리고 새롭게 합류한 이건우 씨를 진심으로 환영해 주셨으면 합니다. 누구보다도 부담이 많이 될 겁니다."

E팀은 건우를 향해 다정한 눈빛을 보냈고 이안도 마찬가지였다. 다른 배우들은 수긍하고 있지만 눈빛은 차가웠다. 건우

는 그런 것들에 신경을 쓰지 않았다. 다만 크리스틴 잭슨 감독의 배려가 고마울 뿐이었다.

"자! 저는 '골든 시크릿'의 감독을 맡게 된 크리스틴 잭슨입니다. 판타지를 좋아하고 상상하는 것을 즐깁니다. 그 상상을 현실로 만드는 것이 제가 해왔던 일이고 앞으로 할 일입니다. 저에게 그 상상력을 선물한 '골든 시크릿'을 연출하게 되어 정말 기쁩니다. 힘든 일정이겠지만 모두 재미있게 작업해 봅시다! 감사합니다."

짝짝짝!

모두 크게 박수쳤다. 건우는 물론이고 모든 배우들이 환호까지 하며 박수를 보냈다. 크리스틴 잭슨 감독은 엄지를 치켜들어 준 후 자리에 앉았다.

배우들의 소개가 이어졌다. 곧 건우의 차례가 되었다. 건우는 미소 지으며 자리에서 일어났다.

"한국에서 온 이건우입니다."

"와아아!"

"잘생겼다!"

"멋져요!"

건우가 말을 이으려는데 제시카를 필두로 한 E팀이 그렇게 소리쳤다. 건우가 진정하라는 듯 손을 펼쳐 보이자 조용해졌다.

"이렇게 유명하신 분들을 만나뵙게 되어 영광입니다. 앞서 감독님께서 말씀하셨다시피 레이민 진스 씨의 쾌유를 진심으로 바라고 있습니다. 그의 이름에 누가 되지 않도록 맡은 배역에 최선을 다해 임하겠습니다. 감사합니다."

짝짝짝!

건우는 진지하게 그렇게 말했다.

E팀의 박수가 유난히 컸다. 스테판도 박수를 쳐주고 있었다. 그의 얼굴에서 죄책감 같은 것들이 보였다. 의리가 있는 것이 그의 매력이지만 안 좋게 작용한 결과도 많았다.

건우는 자리에 앉아 다른 배우들의 자기소개를 들었다. 그리고 모두의 이름을 기억했다.

자기소개가 끝나고 본격적인 대본 리딩에 들어갔다. 스크린이 아닌 현실에서 직접 할리우드 배우의 연기를 보는 것은 당연히 처음이었다. 건우는 이들이 어떤 연기를 보여줄지 대단히 기대가 되었다.

건우가 나오려면 조금 기다려야 했다.

스테판의 연기로 시작되었다.

'음......'

연기는 좋았다. 딱 들어도 좋다고 느껴질 정도였다. 그러나 건우가 기대한 정도에는 미치지 못했다. 한국에서 겪은 연기 수준과 비슷했다.

할리우드라고 해서 기대치가 높은 탓인지도 몰랐다. 생각해 보면 한국 영화나 미국 영화나 연기력 수준은 크게 다르지 않았다. 사람들이 흔히 말하는 연기에서 내공이 느껴지는 그런 배우는 할리우드에서도 드물 것이다.

'그럼 집중을 해볼까?'

자신의 차례가 점점 다가오자 건우는 내공을 끌어 올리며 집중하기 시작했다. 크리스틴 잭슨 감독에게는 이미 한차례 연기를 선보인 적이 있지만 나머지 배우들에게는 처음으로 자신의 연기를 보여주는 자리였다.

최선을 다해야 했다.

건우의 표정부터 분위기, 모든 것이 달라져 있었다. 옆에 있던 스테판과 에란이 깜짝 놀랄 정도였다. 연기에 집중하는 것만으로도 분위기가 달라지는 경우를 본 적이 없었다. 아직 대사를 뱉지 않았음에도 스테판은 어마어마한 위압감을 느꼈다. 그 기세에 무심코 무릎을 꿇을 것 같았다.

건우의 차례가 다가왔다.

에란의 대사로 시작되었다.

"나가게 해주십시오! 수많은 생명들이 사라질 겁니다. 그가 가지고 온 소식이 사실이라면……!"

"그런 벌레 같은 놈의 말을 듣고 신성한 이 땅에서 나가겠다는 말이냐?"

건우의 첫 대사가 울려 퍼졌다. 크리스틴 잭슨 감독은 주먹을 움켜쥐었다. 이안의 두 눈이 크게 떠졌다. 다른 배우들도 마찬가지였다.

처음 겪는 미지의 경험이었다. 공기가 단번에 차가워지고 무거워졌다. 건우에게서 어떠한 적의가 느껴지는 것 같았다. 자신을 향하고 있지 않음에도 몸이 절로 움츠러들었고 떨려왔다.

에란도 잠시 대사를 잇지 못할 정도였다. 정신을 차린 에란은 점점 배역에 더 몰입하기 시작했다.

"하지만 중간계가……!"

"닥쳐라!"

"윽!"

건우의 분노한 목소리조차 아름다웠지만 으르렁거리는 듯한 느낌이 났다.

"그대로 여기에 남아 있거라. 우리의 신성함은 중간계를 위해 있는 것이 아니다. 그런 추악한 것에 없어질 중간계라면 없어지는 것이 옳다."

"그런 말도 안 되는……!"

에란의 겁에 질린 듯한 목소리가 들려왔다. 에란의 연기도 점차 생동감이 넘치기 시작했다.

스테판이 대사를 칠 차례였다.

"와, 왕이시여. 제 이야기를……."

"하찮은 벌레가 여기가 어디라고……!"

"크윽!"

본래 장면은 건우가 손을 뻗어 마법으로 그의 목을 조르는 장면이었다. 대본 리딩일 뿐이니 그런 연기를 할 수 없었다. 그러나 스테판은 진짜 자신의 목이 조이는 듯한 착각을 받았다.

그의 얼굴이 새파랗게 질릴 정도였다. 그는 간신히 대사를 마무리할 수 있었다.

크리스틴 잭슨 감독은 방금 이루어진 연기에 감탄하고 있었다. 스테판마저 대단한 연기를 보여주고 있으니 만족하지 않을 수 없었다.

'지금까지 연기는 아주 환상적이야! 이렇게 소름이 끼친 적은 처음이군.'

크리스틴 잭슨 감독은 그렇게 생각했다.

피부가 오싹오싹했다. 이런 환상적인 경험은 처음이었다. 건우의 연기는 영상으로 보아 익히 알고 있었다. 그러나 실제로 보니 빙산의 일각이었다.

이 연기를 보니 연출할 생각에 벌써부터 흥분되었다. 빨리 촬영을 시작하고 싶었다. 아마 촬영이 시작되면 자신은 울지도 몰랐다. '골든 시크릿'을 완벽하게 영화로 만드는 것은 오랜

꿈이기도 했다.

잠시 대본 리딩이 멈추었다. 기자들에게 공개된 대본 리딩은 여기까지였다. 나가달라는 말에 기자들은 무척이나 아쉬운 표정을 지으며 물러났다.

잠시 휴식 시간을 가졌다.

"후우."

건우는 길게 숨을 내쉬며 몰입에서 깨어났다. 주위를 바라보니 배우들이 자신을 바라보고 있었다. 차갑던 시선은 사라져 있었다. 모두 감탄이 담긴 눈빛이었다. 한순간에 건우의 대한 평가가 완전히 뒤집힌 것이다.

"건우, 그 엘프 억양! 대단히 좋았어요! 영어를 쓸 때의 그 독특함도 참 마음에 들어요. 뭔가 우아하고 다른 세계의 사람이라는 게 팍 느껴질 정도예요."

"좀 더 신경을 써볼까요?"

"음, 그게 좋겠어요."

크리스틴 잭슨 감독이 그렇게 말했다. 이안을 포함한 다른 배우들도 동의한다는 듯 고개를 끄덕였다. 대본 리딩이었지만 의견 교환도 많이 이루어졌다.

메이킹 영상을 찍는 카메라는 신경조차 쓰지 않고 모두 작품의 이야기에 빠져들었다.

이안이 자리에서 일어나 건우에게 다가왔다.

"내가 오히려 자네에게 배워야겠군."

"그런 말씀 마세요."

"내가 이 바닥에 50년 정도 있었지만 자네 같은 배우는 처음 보네."

그의 얼굴에는 감탄이 서려 있었다. 건우가 칭찬을 받고 있는데, 에란을 포함한 E팀 전원이 뿌듯해했다. 엘프 배역을 맡은 배우들이 극에 제일 깊게 집중하고 있었다.

"괜찮다면 조만간 차라도 한잔 같이함세."

"영광입니다."

"허허, 그렇게 날 어렵게 대할 필요는 없네. 이 바닥에서 연기를 잘하는 배우가 선배고 스승이지. 허허. 내 자네의 노하우를 훔칠 테니 각오하게."

이안은 그렇게 말하면서 다시 자리로 돌아갔다. 옆에서 그걸 지켜보던 스테판이 작게 한숨을 내쉬었다.

건우는 일단 좋은 인상을 심어준 것 같아 만족할 수 있었다. 이런저런 사정이 있지만 결국 배우는 연기로 이야기해야 하는 것이다.

건우를 안 좋게 생각했던 D팀과 H팀도 이제는 인정할 수밖에 없었다. 건우가 진심으로 레이먼 진스의 쾌유를 빌었고 소름끼치는 모습까지 보여주었다. 게다가 트레이닝 센터에서의 훈련은 누구보다도 성실하게 받고 심지어 조언까지 해주었다. 나이가 한참이나 많은 자신들이 뭐하는 건지 깨달아 버렸다.

"폐하, 멋졌습니다."

"역시 엘프답습니다. 그 엘프 발음 저에게도 알려주세요!"

제시카와 조연배우들이 화기애애하게 건우를 치켜세워 줬다. 배역에 재미있게 빠져 있는 모습이었다. 다른 배우들도 쉬는 시간을 틈타 은근히 다가왔다.

그들 중에는 건우의 노래를 듣는 이들도 많았다. 기세 싸움에서 이미 마음속으로는 지고 있던 것이다.

'평화가 제일이지.'

건우는 그렇게 생각하며 고개를 끄덕였다.

"자, 다시 시작하겠습니다!"

크리스틴 잭슨 감독이 시작을 알렸다.

자유로운 분위기였지만 연기를 할 때는 모두의 표정이 진지해졌다. 건우도 다시 본격적으로 몰입하기 시작했다.

대본 리딩은 휴식 없이 쭉 이어졌다. 건우가 있기 때문인지 다른 배우들의 연기도 살아났다. 대본 리딩이었지만 진짜 현장에서 연기하는 것처럼 느껴졌다.

제법 시간이 걸려 대본 리딩이 완료되었다. 모든 주연급 배우들이 메이킹 동영상을 위해 인터뷰를 했다. 건우도 마찬가지였다.

건우는 자신이 어떻게 합류하게 되었는지 간략하게 설명했고 크리스틴 잭슨 감독을 칭찬했다. 밖에서 들었는지 건우가 나오자마자 크리스틴 잭슨 감독이 건우의 어깨를 두드리며 좋아했다.

"건우, 어때? 맥주라도 마시러 갈까?"

"저 요즘 식단 조절하는 거 아시면서 그런 소리 하시는 건가요? 혹시 시험해 보려고?"

"하하! 맞아. 미안하지만 힘을 내줘."

"알겠습니다."

건우는 크리스틴 잭슨 감독과 작별 인사를 나누고 다른 배우들과도 그리했다. 이안을 포함한 다른 배우들의 질문 세례에 건우는 한동안 그곳에 서서 답변을 해줘야 했다.

연기, 그리고 빌보드에 대한 이야기가 주를 이루었다.

"오! 이런, 자네의 시간을 너무 시간을 빼앗았군. 못 다한 이야기는 다음에 하는 걸로 하세."

"네, 기대하겠습니다."

이안이 만족스러운 웃음을 지으며 떠나자 다른 배우들도 떠나갔다.

E팀이 마지막까지 건우의 곁에 같이 남아 있었다. 에란이 건우에게 다가왔다.

"내일 안 나오지?"

"응, 공연이 있어서. 모레까지 안 나갈 것 같아."

"진짜? 모레는⋯⋯."

에란을 포함한 E팀은 그 소식에 고통스러운 듯했다. 시무룩한 분위기에 건우는 난감한 표정이 되었다.

'왜 이렇게 되었지?'

괜한 오지랖이 죄라면 죄였다. 건우는 한숨을 내쉬며 추가 수업을 약속해 주었더니 모두의 얼굴에 다시 화색이 돌아왔다.

'저리 수련을 좋아하니⋯ 무림인으로 태어났으면 뭐든 대성했겠군.'

건우는 그런 생각이 떠오르자 피식 웃었다.

아무튼 평화로운 대본 리딩이 끝이 났다. 이로써 영화 촬영 전 스케줄은 자선 공연에 참여하는 것밖에 남아 있지 않게 되었다.

2. 자선 공연

대본 리딩을 마친 다음 날, 건우는 자선 공연에 참여하기 위해 샌프란시스코로 향했다. 샌프란시스코는 건우가 있는 LA와 제법 가까운 곳에 있었다. 가까운 곳이라고 해도 비행기로 한 시간 이십 분가량 걸렸다. 미국 활동을 하면서 여러 번 비행기를 타봤기에 이제는 너무 익숙해졌다.

'아름다운 모든 것들의 활동은 이걸로 끝이군.'

더 이상의 활동 계획은 없었다. 영화 촬영 이후에는 정규 앨범 작업을 계획 중이라 완전히 끝이 났다고 봐도 무방했다.

샌프란시스코에 도착한 건우는 곧 공연 장소로 이동하게

되었다.

코디는 UAA에서 해주었다. 가서 단 한 곡만 부르고 나올 예정이지만 스타일리스트도 따라붙었다.

보통 거물급 가수들은 자신의 안무팀, 코디팀 등을 데리고 다녀 거의 회사 하나가 이동한다는 느낌이었다. 그에 비해 초라하다면 초라했다.

'순서는 어정쩡하군.'

노래로 팍 뜬 이후로 건우는 주로 엔딩을 맡았다. 순서를 중요하게 생각한 적은 없었지만 자신의 위치를 알려주는 것 같아 고개를 끄덕이게 만들었다. 이번 공연에 나오는 가수들은 모두 대단한 스타들이니 당연했다.

나름 납득하고 있었다. 그래도 그런 대스타들과 같은 무대에 설 수 있다는 것 자체가 대단한 일이었다.

'석준이 형이 좋아하겠는걸.'

석준은 음악을 사랑하는 만큼, 미국의 가수들도 좋아했다. 그런 대스타와 같은 무대에 서는 자신을 보면 분명 대단히 기뻐할 것이다. YS의 위상도 올라갈 테니 건우로서도 기쁜 일이었다.

차량으로 어느 정도 이동하자 커다란 경기장이 보였다. 풋볼 경기장이었는데 그곳에서 콘서트가 열릴 예정이었다. 수용인원은 68,500명이었지만 최대 75,000명까지 들어갈 수 있었다.

당연히 콘서트 티켓은 전부 매진되었다고 한다.

'엄청난데?'

거대한 행렬이 보였다. 아예 텐트를 치고 대기하고 있는 이들도 있었다. 경기장 주변을 둘러싸고 장사진을 이루고 있었다. 시청 앞 콘서트 당시에 이것보다 많은 인원을 보았지만 그래도 대단한 광경이라고 생각되었다.

자신을 보기 위해 온 팬들이 있을까 하는 생각이 들었다.

"꺄아아악!"

"와아아!"

건우가 탄 검은 밴을 보자 팬들이 일어나 소리를 질렀다.

"날 알아보는 건 아니겠지."

밖에서 안을 볼 수 없게 되어 있으니, 그냥 참가하는 가수 중 하나라고 보고 있을 것이다. 건우의 그런 소리를 들은 매니저가 웃었다.

"설사 그렇다고 하더라도 오늘 전부 팬으로 만들어 버리면 되지 않을까요?"

"그렇군요."

매니저의 말에 건우는 웃었다.

"그건 그렇고 너무 갑작스럽게 제안하는군요. 그것도 일주일 전에 하다니, 덕분에 건우 씨가 양해를 구해야 했지 않습니까? 이런 건 거절해 버리는 편이 좋은데……."

"좋은 뜻에서 하는 것이니만큼 어쩔 수 없죠."

"좋은 뜻이겠죠. 근데, 그걸 이런 식으로 이용하면 벌받을 겁니다."

매니저는 혀를 차며 말했다. 매니저 말대로 좋은 의미가 아니었다면 참여하지 않았을 것이다.

주최 측은 '제드먼'이라는 젊은 가수였다. 캐나다 출신이었지만 미국에서 인기가 대단했다. 어린 나이에 방송을 통해 데뷔해 단숨에 스타가 되어버린 인물이었다. 세기의 천재라 불리던 인물이었지만 많은 기행으로 문제아 취급을 받기도 했다. 아무튼 미국식 아이돌 가수라고 보는 편이 좋을 것이다.

샌프란시스코와 협력을 맺어 하는 공연이니만큼 거물급 가수들도 참여한다. 샌프란시스코 세계 평화 콘서트라는 이름이었다.

'세계 평화라… 언젠가 가능할지도 모르겠지.'

과거나 지금이나 싸우는 건 여전했다. 죽이고 죽는 건 건우도 경험해 보았다. 지금에 와서 생각해 보면 싸우지 않는 것이 제일 좋은 방법이었다.

이런 행사를 통해 조금이나마 영향을 미칠 수 있다면 그건 올바른 일일 것이다. 과거에는 검으로 활동했지만 지금은 전혀 다른 형태로도 할 수 있었다. 건우가 이번 행사에 참여한 가장 큰 이유이기도 했다.

아름다운 모든 것들을 만든 취지와도 꽤 잘 어울렸다. 활동을 마무리하기에 좋은 장소였다.

건우의 밴이 안으로 들어섰고, 스태프의 안내에 따라 대기실로 이동했다. 건우의 대기실도 마련되어 있었다. 매니저가 스케줄 표를 가져왔는데, 건우의 리허설은 맨 끝에 마련되어 있었다. 콘서트 시작 전 행사 때문에 조금은 빠듯해 보였다.

매니저의 인상이 구겨져 있었다.

"제드먼 측에서 선곡을 바꾼다고 해서 무대 세팅 때문에 뒤로 밀린 모양입니다. 다른 가수들도 불만이 많더군요."

"그렇게 마음대로 바꿔도 되는 겁니까?"

"안 되지요. 안 되니까 그 '벼락 맞을 제드먼' 아니겠습니까?"

그는 팬이 많은 만큼 안티도 어마어마했다. 벼락 맞아 뒤졌으면 좋겠다는 의미에서 그렇게 부르는 모양이었다. 좋은 일도 여럿 하는 모양인데 꾸준히 기행을 일삼아 악동이라는 이미지가 더 강했다.

아무튼 리허설은 중요했다. 이대로 그냥 돌아가 버려도 할 말이 없을 것이다.

"엔딩곡도… 너무하는군요."

매니저는 건우를 대신해 화를 냈다. 건우는 화가 나지 않았다. 그냥 살짝 웃으면서 넘어갈 뿐이었다.

"연습에 참여 안 했으니 어쩔 수 없죠. 오늘 돌아갈 수 있겠죠?"

"네, 미리 저녁 비행기를 예매해 놨으니 딱 좋습니다. 시간이 남으면 샌프란시스코 관광이라도 하는 게 어떻습니까? 제가 좋은 곳을 압니다."

"그것도 좋네요."

"네, 저는 따지러 가보겠습니다. 이런 부당한 대우는 고소당해도 할 말이 없을 겁니다!"

마이클의 추천으로 건우의 매니저가 된 만큼, 열정적이고 좋은 사람이었다.

엔딩곡은 으레 그렇듯 전 가수가 다 같이 부르기로 되어 있었는데 시간이 부족해 참여할 수 없었다.

엔딩곡은 같이 부른다고 하는데 건우의 차례는 없었다. 참여한다고 해도 합창하는 부분에 껴서 부르는 것이 다일 것이다.

그냥 깔끔하게 한 곡만 부르고 돌아갈 생각이었다.

이후 참가 가수끼리 자선 파티도 한다고 하는데 그런 어색한 장소에 갈 건우가 아니었다. 내일까지 스케줄이 비어 있기는 하지만 오늘 돌아갈 생각이었다. 그런 자선 파티보다 건우는 훈련을 봐주는 쪽이 더 좋았다.

기뻐할 E팀의 얼굴이 떠올랐다.

"잘하고 있으려나 몰라."

건우는 피식하고 웃었다.

아직 영화 촬영 시작 전인데도 정이 많이 들어버린 것을 깨달았기 때문이다.

*   *   *

제드먼은 대중의 관심을 받는 것이 너무 좋았다. 그게 칭찬이든 욕이든 일단 자신에게 관심이 쏠려 있다는 사실이 그를 즐겁게 만들었다. 흔히 말하는 관심종자였다. 아니, 더 나아가 관심병자라고 표현하는 게 나을 것이다.

어쩌면 그의 그런 성향은 외로운 어린 시절을 보내 그런 것인지도 몰랐다. 어린 나이의 성공은 많은 인기와 돈을 벌게 해주었지만, 그 돈 때문에 부모님이 이혼하고 많은 친척들이 달라붙어 더러운 꼴을 봐야만 했다.

'내가 최고야.'

오로지 믿는 것은 자기 자신뿐.

그의 마음속에서는 언제나 자신이 최고였다.

제드먼은 그렇게 살아왔다.

막대한 수입은 모이는 족족 다 써버렸다. 뉴욕에 대저택, 별장, 그리고 최근에는 커다란 골프장까지 만들었고, 본인의 재단에 본인이 기부한 일을 엄청 떠들어대기도 했다. 좋은 일도 하기는 했지만 어쨌든 사치의 끝판왕이었고, 실제로 대중들에게는 사치의 아이콘으로 알려지기도 했다.

음악에 있어서는 천부적인 재능이 있어 음반을 내는 족족 성공했다. 오래전이긴 했지만 그래미상을 받은 경력도 있었다. 그러니 자신이 최고라고 믿는 것도 타당성이 있었다.

불과 2년 전까지만 해도 말이다.

당연하게 생각했던 차트 1위는 2년 동안 해본 적이 없었고 노이즈 마케팅까지 동원해서 발매한 이번 4집 앨범 타이틀곡 '추락'은 50위권에 겨우 들 정도였다.

인터넷은 더 이상 그의 편이 아니었다. 미튜브에 올라온 뮤직비디오에는 그를 조롱하는 댓글이 가득했다. 긍정적인 댓글을 찾기가 더 힘들 정도였다.

그를 욕하고 까는 게 하나의 트렌드가 되어 있을 정도였다.

gnt2223: 이런 쓰레기 같은 노래를 왜 만든 거야? 머리에 똥만 들었나?

james_con: 뮤직비디오에는 역겨운 얼굴만 가득하네.

tt2321: 이걸 또 제드먼이……. 제드먼은 캐나다 사람이 아닙니다.

—RE: minemusic: 미국 사람도 아닙니다.

—RE: rayer: 지구인이 아닙니다.

이번에 자선 공연을 기획한 것도 반쯤은 자신의 이미지를 좋게 만들기 위함이었다. 의도야 어찌 되었든 자선 공연이었고, 테러의 희생자들에게 많은 지원이 갈 예정이었다.

이건우라는 가수가 늦게 초청된 것은 그가 달갑게 여기지 않았기 때문이다. 그러나 여러 여론은 무시할 수 없었다.

'내가 최고야! 내가……!'

이건우!

빌보드의 역사를 새롭게 쓸지도 모른다고 했지만 제드먼은 그저 동양에서 왔다는 특이함을 가지고 있기 때문에 건우가 성공했다고 생각했다.

자신이 더 잘 부르고 더 잘할 수 있었다.

자신이 그보다 더 좋은 노래를 만들 수 있는 건 당연했다. 자신은 천재였고, 그럴 수 있는 재능이 있었다. 지금은 단지 힘든 시기가 잠시 찾아온 것에 불과했다.

제드먼은 그렇게 되뇌었다.

자신은 미국이 낳은 세기의 천재, 백 년에 한 번 나올까 말까하는 재능이라고 평가를 받았었다. 그의 기행에도 그의 인기가 많은 것은 그의 재능이 너무 뛰어나서였다.

그러니 동양에서 온 미개한 가수, 그런 놈 따위는 상대가 되지 않는다!

이게 그의 표면적인 생각이었다. 그렇게 스스로 최면을 걸고 있었다. 그렇게라도 하지 않는다면 무너져 버릴 것 같았기 때문이다. 하지만······.

'내가 과연 천재일까?'

그는 내심 상당한 충격을 받았다. 티를 내지 않았을 뿐이었다. 그는 알 수 있었다. 그의 음악을 듣자마자 느껴지는 것이 있었다. 이건우라는 가수에게는 재능을 뛰어넘는 무언가가 있다고. 그는 자신이 아무리 노력해도 닿지 못하는 찬란한 무언가를 품고 있었다. 그것을 눈치채지 못한 다른 가수들이 머저리일 뿐이라는 생각이 들었다.

그렇다면 정면에서 꺾어주겠다. 확실히 비교되게 만들어주겠다! 이번 공연에 많은 수의 쟁쟁한 가수들도 출연하지만 제드먼은 오로지 이건우만을 의식하고 있었다. 요새 잘나가는 이건우를 꺾는다면 자신이 슬럼프에서 벗어날 수 있을 거라고 확신했다.

'오늘 이 자리에서 신곡을 발표한다!'

이건우의 영향을 받지 않았다고는 말할 수 없는 곡이었다. 담담히 진행되는 멜로디로 그의 목소리를 더욱 부각시켜 주는 노래였다. 본래는 2개월 뒤에 발매할 싱글 앨범이었지만 오늘 발표하기로 생각을 바꿨다. 그의 신곡은 딱 알맞게도 희생자를 위로하는 분위기도 느낄 수 있는 편이었다.

제드먼은 무리하게 선곡을 바꾸었다. 덕분에 무대 세팅을 다시 해야 해서 리허설 시간을 많이 잡아먹었다. 다른 가수들에게 평소라면 하지 않을 양해까지 구했다. 한번 집착을 시작하면 그는 꼭 해내야 직성이 풀렸다.

위기는 늘 자신의 천재성으로 극복해 왔고 이번에도 그럴 것이다. 그는 조심스럽지만 확신에 차 있었다.

'완벽해!'

리허설은 완벽했다. 무대를 급조하기는 했지만, 흐름과 구성도 좋았고 나름 이번 기획과 매치도 잘되었다. 잊고 있었던 열정이 살아나는 것을 느꼈다.

'이번 곡은 분명 성공한다!'

주먹을 불끈 쥐었다.

이렇게 노래에 집중해 본 것은 근 3년 만에 처음이었다. 음악을 처음 접했을 때로 돌아간 것 같은 느낌이었다. 아직 그는 젊은 나이였지만, 그는 음악적 회춘을 했다고 생각했다.

제드먼은 먼저 무대로 가기 위해 대기실에서 나왔다.

공연 시작 전에 샌프란시스코 시장이 그에게 감사패를 전달하고, 그 역시 테러 희생자들을 위한 자선기금을 시장에게 전달하는 것을 관객들에게 직접 보여주기 위함이었다.

샌프란시스코 시장도 이미지 메이킹을 하고 제드먼도 마찬가지인, 서로 윈—윈인 행사였다.

제드먼은 이번 행사에 참여하는 가수의 대표로 짧은 추모사도 할 예정이었다.

그가 그렇게 대기실을 나와 무대로 갈 때였다.

"리허설 봤어요?"

"응, 너무 좋던데? 환상적이었어. 음원으로 들었을 때와는 비교도 안 되더군."

"이런 감동은 처음이에요. 가슴에 혹 들어오는 느낌이⋯⋯."

"괜히 오랫동안 1위를 유지하는 게 아니지."

제드먼은 처음에 자신의 이야기를 하는 줄 알았지만 듣다 보니 방금 전에 했던 이건우의 리허설임을 알아차렸다.

작년에 그래미 어워드의 올해의 앨범상, 최우수 팝 보컬 앨범상을 수상한 세이즈 페니와 알엔비의 황태자라 불리는 빈센트의 대화였다. 건우가 워낙 화제가 되고 있으니 리허설 무대를 지켜본 모양이었다. 둘은 이번에 엔딩 무대를 준비하면서 꽤 친해진 모양이었다.

제드먼은 특히 칭찬에 인색한 빈센트가 저 정도로 극찬을 하는 것에 놀랐다. 1년 전까지만 해도 그는 자신의 음악을 조롱했던 적이 있었다. 지금은 겉으로 털어버린 척하고 있지만 그때 상한 자존심은 아직도 회복이 되지 않았다.

"어이, 제드, 신경 쓴 만큼 잘해봐. 사고 치지 말고."

"당신이나 잘하시죠."

"하하, 난 늘 잘하니 걱정하지 말게."

빈센트의 말에 제드먼은 인상을 구겼다.

빈센트의 말을 들으니 열정으로 끓어오르던 피가 식는 느낌이 들었다. 간신히 무대로 가서 웃는 낮으로 공연 전 행사를 마쳤다. 시커멓게 몰려온 관객들을 보니 다시 자신감이 생겼다.

그는 오프닝 첫 무대와 엔딩 무대를 장식할 예정이었다.

"와아아아아!"

환호 소리는 오로지 자신만을 위한 것이다.

멋진 의상, 멋진 무대, 그리고 자신.

모든 것이 완벽했다.

그는 분위기를 고조시키기 위해 신곡을 발표했다. 잔잔한 반주에 부드러운 자신의 목소리가 섞여 들어가니 누구도 당해낼 수 없다고 생각했다. 그의 생각에 이 노래는 화제가 될 수밖에 없었고, 모두가 또 자신의 노래와 자신에 대해서 떠들어댈 것이다.

이 노래를 듣고 누가 열광하지 않을 수 있을까?

제드먼은 그렇게 확신했다.

이건우의 무대를 보기 전까지만 해도 말이다.

얼마나 잘하는지 볼 요량으로 샌프란시스코 시장이 앉아 있는 곳에 마련된 특별석에까지 왔다.

본래 경기장이었기에, VIP 좌석을 특별석으로 만든 것이었다. 외부와 철저히 나눠져 있었고 보안 요원들이 지키고 있어 혹시 있을 소란을 걱정할 필요가 없었다.

"······."

제드먼은 말을 이을 수 없었다. 대형 스크린에 비치는 이건우의 모습은 압도 그 자체였다. 굉장히 멀리 떨어져 있음에도 피부가 찌릿찌릿했다.

이건우가 가만히 무대 위에 서 있는 것을 보는 것만으로도 소름이 끼쳤다. 무대를 지배하는 존재감이 저런 것일까?

충격이었다.

단순히 이건우의 외모가 잘생겼기 때문에 그런 것이 아니었다.

처음 보는 순간 직감했다.

그 분위기와 카리스마는 자신이 평생을 노력해도 만들어 낼 수 없는 것이라고······.

그가 생각하는 스타는 바로 저런 존재였다.

이건우의 뮤직비디오 역시 그에게 강한 자극을 주었지만 무대 위의 이건우는 그의 자존심, 자긍심을 모두 뒤엎는 충격을 주었다.

노래를 부르기도 전임에도 말이다.

어떤 경험을 해야 저런 분위기를 낼 수 있을까?

제드먼은 도저히 알 수 없었다.

제드먼의 충격은 끝이 아니었다. 이제 시작이었다.

노래가 시작되었다. 그저 단순한 구성이라고 생각했던 전주는 이건우의 목소리와 만나는 순간 아름다움을 폭발시켰다.

이건우의 목소리가 그의 몸을 울렸다. 마치 음표가 혈관을 타고 들어와 심장에 때려 박히는 것 같은 감각이었다. 관객들, 그리고 다른 가수들이 감동을 느꼈다면 제드먼은 절망을 느꼈다.

"……."

음악적 재능이 너무 뛰어난 제드먼이었기에 알 수 있었다. 따라잡을 수 없는, 넘어설 수 없는 벽이 느껴졌다.

자신감은 나락으로 떨어졌다.

'내가 천재라고?'

진정한 천재는 따로 있었다.

갖은 노력을 다해 만든 자신의 신곡 따위는 이미 머릿속에서 지워져 버렸다. 절망을 느꼈음에도 건우의 노래를 들으니 음악을 하면서 느꼈던 행복이 떠올랐다.

노래가 시작하고 끝날 때까지 그는 의자에 앉을 생각도 하지 못한 채 그렇게 우뚝 서 있었다.

가사는 전혀 알아들을 수 없었다.

영어가 아니었기 때문이다. 그러나 밝고 따스한 물결이 느껴졌다. 그것은 제드먼에게 있어서 기적이었다.

"아……."

4분이 조금 안 되는 시간이 순식간에 흘렀다. 노래가 끝나고 울려 퍼지는 관객들의 환호는 자신에게 향하던 때와는 질적으로 달랐다.

진정으로 감동한, 진심에서 우러나오는 그런 환호 소리였다.

＊　　　　　＊　　　　　＊

노래를 마친 건우는 기분이 좋았다.

공연 전 닥쳐온 문제 때문에 꽤 불쾌했었는데, 지금은 그런 것은 아무래도 상관없어졌다.

영어가 아닌 한글 가사임에도 관객들은 건우에게 뜨거운 환호를 보냈다. 그 감정이 건우에게 밀려들어 왔다.

'이 노래가 정말로 사랑받고 있구나.'

건우는 새삼스럽다면 새삼스럽게도, 이곳에서 그것을 느꼈다. 관객들이 진심으로 이 노래를 좋아한다는 사실을 알 수 있었다. 익숙하지 않은 발음일 텐데도 즐겁게 따라 부르는 관객들도 많았다.

간주를 따라 부르는 것 또한 감동이었다.

자신도 이 노래를 사랑했지만 그것 못지않게 사랑해 주고 있다는 것을 느꼈다.

'내가 너무 편견에 사로잡혀 있었던 것일지도……'

낯선 타지에 왔다고 대중들도 자신을 거부감 섞인 눈으로 바라볼 것이라는 선입견이 있었다. 실제로 같이 트레이닝을 했던 배우들, 지금은 가장 친해진 E팀도 처음에는 그러했다.

빌보드 신기록에 가까워져 있음에도 건우의 머릿속에는 그런 선입견이 존재했다.

그러나 오늘로서 떨쳐 버릴 수 있었다. 노래뿐만 아니라 자신을 좋아해 주는 감정도 느껴졌다. 거대한 경기장에서 건우를 향해 밀려드는 감정의 색채는 한국에서 본 것과 크게 다르지 않았다.

언어가 달랐지만 노래로서 소통하고 있었다. 그것은 한국에서 경험했던 것과는 또 다른 감동이었다.

마음 같아서는 한 곡 더 부르고 싶었지만 그럴 곡도 없었고 시간도 주어지지 않았다.

"감사합니다."

건우는 그렇게 말하고는 무대 뒤로 내려왔다.

그래도 이렇게 마지막 공연을 하고 음악 활동을 마무리할 수 있어서 좋았다. 자선 공연이기도 하니 의미 있는 마무리라고 볼 수 있었다.

콘서트가 끝날 때까지는 아직 많은 시간이 남아 있었다. 건우는 끝까지 기다릴 필요가 없었고 그냥 돌아가면 되었다. 그렇게 이미 이야기를 끝내놓았다. 괜히 뒤풀이 파티에 참가해서 어색하게 시간을 보낼 필요는 없었다.

건우가 일단 대기실로 돌아가려고 할 때였다.

누군가 건우를 향해 달려왔다. 건우 앞에 멈춰 서고는 숨을 헐떡였다.

"허억, 허억!"

건우는 그가 누구인지 알아볼 수 있었다.

'그 제드먼인가?'

온갖 기행의 소유자이자 가장 많은 팬과 안티를 거느린 인물이었다. 음악적 재능은 가히 독보적이어서 그가 어렸을 때는 세기의 천재라고도 불렸었다.

건우도 그의 대표곡을 들은 적이 있었다.

건우는 그에게 좋은 감정이 없었다. 조금 급하게 섭외한 것은 그렇다고 치더라도, 배려 없는 행태는 솔직히 조금 짜증이 날 정도였다. 물론, 그가 전부를 결정한 것은 아닐 것이다. 그러나 제드먼이 핵심적인 역할을 한 것은 분명했다.

고개를 숙이고 있던 제드먼이 얼굴을 번쩍 들었다.

"저, 전화번호!"

"네?"

"전화번호 좀……!"

건우는 눈을 깜빡였다. 갑자기 달려와서 저런 말을 하니 이해가 되지 않았다.

전화번호를 달라는 것 같았다.

"죄송합니다. 무언가 제안이 있다면 에이전트를 통해 해주시면 감사하겠습니다."

"아… 네……."

정중했지만 상당히 차가운 말이었다.

제드먼이 시무룩해졌다. 어깨가 축 처졌다. 왠지 그의 주위에 검은 그림자가 보이는 것 같았다. 사고뭉치인 만큼 그와 엮이기는 싫었으나 세상을 다 잃은 듯 축 처진 저 모습을 보니 대단히 가여워 보였다.

자신이 요구한다면 얻지 못한 적이 없었고 오히려 다른 사람들이 먼저 다가오는 경우가 다반사였는데 이런 경험은 처음이었다.

건우 역시 전화번호를 알려주는 건 역시 꺼려졌다. 아는 사람의 전화만을 받고 싶었고 특히 제드먼과 같은 부류와는 엮이기 싫었다. 소문도 그렇지만 사실로 판명된 부분만 들여다 봐도 개차반이었다. 예쁜 구석이 없는 놈에게 사적인 번호를 알려줄 이유는 전혀 없었다.

"건우 씨, 무대 멋졌습니다. 나가시지요. 저녁 먹기 좋은 곳이 있습니다. 음?"

매니저가 건우에게 다가오다가 영혼이 나간 것 같은 제드먼을 발견했다.

매니저는 제드먼을 이상한 눈빛으로 바라보았다. 제드먼답지 않게 축 처져서 발걸음을 돌리는 모습이 신기하게 보였기 때문이다.

"무슨 일이라도 있었습니까?"

"아니요."

건우는 경기장에서 빠져나왔다. 왜인지 제드먼과의 인연이 굉장히 길어질 것 같은 느낌을 받았다.

'리온처럼 될 일은 없겠지.'

건우는 가볍게 웃어넘길 뿐이었다.

3. 촬영 시작

자선 공연을 마지막으로 이번 디지털 싱글 앨범의 활동이 모두 마무리되었다. 미국에서의 음악 활동이 그리 많지 않았기 때문인지 조금 아쉽기는 했다.

　　활동을 접기는 했으나 여전히 빌보드 차트는 1위를 고수했고, 신기록을 향해 달려 나갔다. 특히 자선 공연 때의 라이브에 대한 반응은 폭발적이었다. 건우가 전력을 다했으니 그런 반응이 나오는 것은 당연했지만 한국보다 훨씬 더 격렬한 반응이었다. 자선 공연에서 건우가 부른 노래를 들은 이후로, 다른 노래는 밍밍하게 느껴져 전혀 즐길 수 없었다고 한다.

자존심이 상할 수도 있었지만 자선 공연에 참가한 가수 중에는 건우의 실력을 인정하는 이들도 많았다. 건우의 라이브를 직접 들었다면 인정하지 않을 수 없었다.

악마와 계약해 영혼을 팔아 외모와 목소리를 얻었다는 말까지 나오고 있었다.

세이즈 페니
너무나 뜻깊은 밤이었어!
오랜만에 소녀 팬이 되어버렸어!
[이건우 달빛 호수 사진.jpg]

건우와 접점은 없었지만 그날의 공연이 세이즈에게는 대단한 감동이었던 것 같았다. 세이즈는 SNS 계정이 있었지만 잘 활용하지는 않았는데, 그래서인지 더 파급력이 있었다.

갑작스럽게 화제가 된 것은 제드먼이었다. 갑작스럽게 진지해진 태도로 SNS에 글을 올렸다. 평소의 그의 행실이라면 결코 그가 작성했다고는 믿기 어려운 글이었다.

음악에 대해 진지하게 다가가겠다는 내용이었다. 갑작스러운 심경 변화가 느껴지는 글에 자살을 암시하는 것이 아니냐는 소리가 나왔고 한동안 소란스러웠다.

제드먼

당신에게 도전한다.

그날 날 찼던 것을 후회하게 만들어주겠다!

내가 최고다.

댓글 2,312

kane: 제드먼이 미쳤다.

anno_J: 바람 피다가 차였냐?

David_Sang: 제드먼 정신 차려! 중2병이라도 걸린 거야?

건우의 이름을 언급하지는 않았지만 건우와 제드먼이 이야기를 나누었던 장면을 본 스태프들도 있어 금세 건우에 대한 선전포고라는 것이 알려졌다.

덕분에 현재 대형 커뮤니티와 SNS은 팬들과 안티들이 뒤얽혀 혼돈 그 자체였다.

건우는 그런 소식을 몰랐다. 영어는 완벽했지만 영어로 된 사이트는 들어가지 않았고, 인터넷 반응에는 본래부터 관심이 없었다. 그저 가끔 팬카페에 방문하는 것이 다였다.

재미있는 점은 팬카페에 기자들이 상주하고 있는지 건우가 글을 남기면 바로 기사가 되어 포털 사이트 메인에 올라갔다. 처음에는 한국에서만 그러더니 빌보드 연속 1위 16주에 이르는 순간부터는 미국에서도 건우가 팬카페에 남긴 흔적을 다루기 시작했다.

건우는 오로지 촬영 준비에만 매달려 다른 부분에는 신경을 쓰지 못하고 있었다. 파파라치도 엄청나게 늘어나서 건우는 신기해하면서도 대단히 귀찮아할 뿐이었다.

'드디어 시작이네.'

3달로 잡혀 있던 트레이닝도 마무리되었다. 촬영 일정의 변동 탓에 예정보다 앞당겨져서 끝났지만, 고된 합숙 훈련으로 인해 성과는 눈에 띌 정도였다. 특히 E팀은 완전히 다른 사람으로 탈바꿈되었다.

확실히 전과 비교해 본다면 현격한 차이가 있었다.

'내 내공이 특이해서 그런 건가?'

지도를 해주면서 건우의 기운에 영향을 오랜 기간 동안 받게 된 E팀이었다. 소량이기는 하지만 그것이 쌓이고 쌓이다 보니 신체에 영향을 준 모양이었다.

가장 달라진 것은 피부였다. 피부 트러블이 대부분 사라져 매끄러운 피부가 되었다. 주근깨가 사라는 것은 물론이고, 잔주름도 개선되었다. 신체 균형도 잘 잡혔고 전체적으로 건강해져서인지 외모에서 더 빛이 났다. 에란 로비를 비롯한 여성 배우들은 그것을 느꼈는지 더욱더 수련에 매달려 중독 사태에 이르렀다. 조나단이 건우에게 말려달라고 부탁할 정도였다.

E팀은 스승이라고 부르지는 않았지만 건우를 스승으로 생각하면서 제자처럼 따르고 있었다.

건우로서는 엄청 부담스러웠다. 배우들에게 보안 문제 때문에 SNS를 자제해 달라고 하고 있는 것이 다행이었다. 그런 말이 없었더라면 건우에 대한 찬양을 계속해서 올리지 않을까 싶었다. 아무튼 지금은 익숙해져서 좋은 친구들이라 생각하고 있었다. 곤란한 부분도 많았지만 말이다.

건우는 아침 일찍 일어나 트레이닝 센터 대신 세트장으로 향했다.

오늘부터 촬영이 시작되기 때문이었다. 촬영 스케줄이 모두 나왔는데, 오늘 건우는 짧은 신만 찍으면 되었다.

촬영 전에 모든 스태프와 배우들이 모여서 작은 행사를 가지기로 했다.

'드디어 시작이군.'

건우는 오랜만에 설레고 조금은 긴장이 되었다. 촬영 스케줄 표를 받았을 때는 아무렇지도 않았지만 막상 촬영이 시작된다고 하니 붕 뜨는 기분이었다.

무려 할리우드 영화에 주연급으로 출연하는 것이다.

잘 차려입을 필요는 없었다. 어차피 가서 분장을 받고 요정왕 복장으로 갈아입어야 했다. 건우는 가벼운 차림으로 집을 나왔다.

늘 그렇듯 매니저의 차량으로 이동을 하는데, 뒤에 따라붙는 차량들을 느낄 수 있었다.

'파파라치로군. 요즘 정말 많이 늘어났어.'

건우의 집 주변에도 24시간 매복하고 있었는데, 건우의 일거수일투족을 무슨 정보 요원이라도 되는 것처럼 전부 카메라에 담으려 노력했다. 전생의 건우였다면 살수로 오인해서 다 처리했을지도 몰랐다.

이웃에까지 피해가 가서 건우가 살기로 몇 번 기절시켜 주고 응급실까지 보낸 적이 있었다. 건우가 갑자기 발작 증세가 온 파파라치를 살려주었다고 호의적인 기사가 난 적이 있었지만 실상은 달랐다.

파파라치는 정말로 암적인 존재였다.

'위험한데…….'

그들은 건우를 따라오기 위해 이리저리 끼어들며 곡예 운전을 하고 있었다. 부딪힐 듯 아슬아슬하게 차선을 변경해서 건우의 차량과 바짝 붙었다.

빠아아앙!

뒤차가 따지듯이 자동차 경적을 울렸다.

마음 같아서는 아예 기절이라도 시켜 버리고 싶었지만 운전 중이라 큰 사고가 날 수 있으니 그렇게 할 수는 없었다.

"속도를 좀 줄이죠."

"네?"

"뒤에 쫓아오는 사람들이 무리하다가 사고가 날 것 같아서요."

매니저는 고개를 끄덕였다. 그도 건우가 파파라치에 시달리는 것은 잘 알고 있었다. 건우는 요즘 가장 핫한 가수, 그리고 배우라고 해도 과언이 아니었다. 그 때문에 건우의 사진이나 정보들은 비싼 값에 취급되었다.

파파라치가 많이 붙는 것은 당연한 결과였다.

건우는 파파라치에 걸려줄 정도로 호인이 아니었다. 집요하게 쫓아오는 살수들에게서도 살아남은 적이 있는 건우였다. 파파라치 따위에게 사진을 찍힐 건우가 아니었다.

파파라치들은 단 한 차례도 건우가 제대로 나온 사진을 찍은 적이 없었다. 건우의 사생활은 철저하게 비밀에 쌓여 있었다.

그래서 그런지 공식 석상 외의 사진은 꽤나 비싼 값에 수배가 되고 있다고 한다.

도로가 한적한 것이 다행이었다.

'짜증 나는데?'

일찍 나왔기에 적어도 늦지는 않을 것 같았다. 짜증이 난다고 해서 딱히 어찌할 방법은 없었다. 기분이 나빴지만 참는 수밖에 없었다. 건우는 한숨을 내쉬며 끓어오르는 감정을 가라앉혔다.

그렇다고 일부러 사진을 찍혀줄 수는 없는 노릇이었다.

라인 브라더스 픽처스에 도착해서 안으로 들어갔다. 입구에서부터 차량 조회, 탑승 인원 검사를 철저히 했기에 파파라치들이 안으로 들어올 수 없었다.

전생의 기억을 찾기 전에는 인기인의 숙명이라고 생각했고 부러워도 했었지만 막상 겪어보니 대단히 귀찮았다. 건우는 귀찮은 선에서 끝났지만 다른 이들은 건우와 같은 능력이 없었으니 아마 상당한 고통을 받고 있을 것이다.

에란 로비의 경우만 보더라도 그랬다.

찍힌 사진은 루머를 양산했고, 마녀사냥을 당했다. 거짓으로 밝혀져도 정신적인 피해와 손상된 이미지는 보상받을 길이 없었다.

건우의 눈에 거대한 성으로 보이는 블록형 건물이 보였다. 워낙 커서 그런지 외계인이 지어놓은 것 같은 느낌도 났다.

크리스틴 잭슨 감독과 처음 만났을 때 함께 왔던 세트장이었다. 그 이후로 처음 오는 것이었는데, 예전과는 분위기 자체가 달랐다.

안으로 들어가니 시끌벅적했다.

"좋은 아침입니다."

"안녕하세요?"

"네, 안녕하세요?"

많은 수의 스태프들이 보였다. 처음 이곳에 왔을 때는 썰렁했는데, 지금은 활기가 넘쳤다. 스태프들은 모두 건우를 알아보고 인사를 건넸다.

건우도 웃으면서 인사했다.

드라마 현장과는 비교도 할 수 없을 정도로 스태프들이 많았다. 건우는 촬영장의 수평적인 분위기가 마음에 들었다. 그냥 모두 동료 같은 느낌이었다.

세트장 안쪽으로 들어가니 스태프와 배우들이 모여 있었다. E팀의 모습도 보였다. 모두 상당히 일찍 온 것 같았다. 대사 연습 중인 것 같았는데 상당히 진지했다. 본래는 비즈니스적인 관계일 테지만 E팀의 유대는 대단해서 서로 많은 도움을 주고 있었다. 영화가 끝날 때쯤에는 더욱 친해져서 허물없는 사이가 될 것 같았다.

"왔어?"

"오셨네요. 어제는 푹 쉬셨나요?"

"보고 싶었습니다."

"오! 좋은 아침입니다."

E팀이 모두 우르르 몰려왔다. 어제는 휴식이었으니 이틀 만에 만나는 것이었다. 그러나 마치 오랫동안 만나지 못한 것처

럼 반가워했다.

에란은 처음 만났을 때보다 표정이 많이 밝아져 있었다. 눈에 띄게 살이 빠졌지만 건강하게 빠진 느낌이었다. 피부도 고와졌고 눈빛도 초롱초롱했다. 에란 옆에서 건우를 끈적한 눈으로 바라보는 제시카는 좀 더 요염해진 느낌이었다.

다른 E팀 배우들도 한층 건강하고 매력이 넘치는 모습이었다. 그들은 건우를 바라보며 웃고 있었는데, 건우가 의아해서 에란을 바라보자 아무 것도 아니라는 듯 고개를 저었다.

'무슨 좋은 일이라도 있나?'

평소보다 기분이 업되어 있는 것처럼 보였다. 건우는 이제 촬영이 시작되니 그런 것이라고 생각했다. 그들이 즐거워하는 모습을 보니 건우도 저절로 기분이 좋아졌다.

"오! 건우! 역시 엘프들끼리 사이가 좋네!"

"안녕하세요? 크리스. 기분이 좋아 보이시네요?"

"하하! 당연하지 오늘이 어떤 날인데!"

크리스틴 잭슨 감독이 건우에게 다가왔다. 크리스틴 잭슨 감독은 상당히 흥분해 있었다. 기대로 가득 찬 모습이었는데, 진짜 갖고 싶은 장난감을 눈앞에 둔 아이와도 같은 표정이었다.

건우는 크리스틴 잭슨 감독이 얼마나 이 순간을 기다려 왔는지 잘 알고 있었다. 대본 리딩 이후에는 더더욱 그러했다.

"아! 뉴질랜드는 어때요?"

"장난 아니야. 가서 직접 보면 돌아오기 싫어질걸? 엘븐스를 거기에 만들어놨어! 디자인부터가 아주 환상적이야. 우리 아티스트들이 힘을 냈지. 벌써부터 뉴질랜드 촬영이 기대되는군."

"저도 기대가 되는군요."

뉴질랜드 촬영도 기대가 되었다. 웃고 있는 크리스틴 잭슨 감독과 분위기가 좋은 스태프들을 보니 이번 영화가 잘될 것이라는 확신이 들었다.

배우들만 잘하면 될 것 같았다.

스테판과 다른 배우들도 도착했다. 그들은 스태프들과 인사를 하다가 건우와 눈이 마주쳤는데, 살짝 움찔하더니 어색하게 인사를 건넸다. 이제 몇몇 배우들 이외에 건우를 멀리하거나 싫어하는 기색을 보이는 이는 거의 없었다.

노골적으로 건우를 욕했던 두 배우는 거의 왕따 분위기였다. 건우를 가장 꺼려했던 H팀도 건우에게 서서히 다가오고 있었다.

"좋은 아침입니다."

"아… 네."

건우가 그렇게 말하자 어색하게 웃으며 스테판이 대답했다. E팀이 스테판을 동시에 바라보았다. 보는 것으로 대미지를 줄 수 있었다면 스테판은 이미 넝마가 되었을 것이다.

스테판은 E팀의 그런 압박에 꽤 힘들어했다.

친분이 있던 제시카마저 거리를 두자 이제는 기가 완전히 죽은 느낌이었다. 다행인 점은 그래도 할리우드 물을 먹은 배우이니 알아서 멘탈 관리를 하고 있었다.

건우는 자신을 적대하지 않는 이상 누구에게나 친절했다. 특유의 친화력 있는 분위기까지 합쳐져 지금은 처음 스테판을 만났을 때와는 상황이 완전 역전되었다고 봐도 무방했다.

건우는 딱히 신경을 쓰고 있지 않지만 말이다.

배우와 스태프들이 모두 모였다.

그들의 숫자는 세트장 앞이 가득 찰 정도로 많았다. 건우를 포함한 모두의 얼굴은 밝았다. 거창한 행사가 아니라, 그저 시작 전에 감독이 나와서 간단한 소감과 함께 대장정의 시작을 알리는 것뿐이었다.

그러나 모두 이 자리를 중요하게 생각하고 있었다.

이렇게나 많은 사람들을 끌고 가야 하니 결코 의미가 없지는 않았다.

영화는 촬영장 분위기가 성패를 좌우할 때가 많았다.

모두가 한마음이 되지 않는다면 많은 문제가 생긴다는 건 크리스틴 잭슨 감독은 물론이고 스태프, 배우들도 잘 알고 있었다.

'여러모로 준비를 많이 했네.'

건우의 눈에 메이킹 영상을 찍는 카메라도 보였다. 이 장면도 홍보용 비디오에 들어갈 것 같았다.

크리스틴 잭슨 감독이 가운데로 나왔다.

건우가 박수를 먼저 치자 다른 이들도 따라서 박수를 쳤다. 크리스틴 잭슨 감독은 나름 우아한 몸짓으로 인사를 했다. 얼굴에는 장난기가 가득했지만 곧 진지해졌다.

"정말 좋은 아침입니다."

크리스틴 잭슨 감독이 말하기 시작하자 박수 소리가 줄어들었다.

"드디어 위대한 역사가 될지 모를 여정의 첫발을 내딛게 되었습니다. 오늘은 제 꿈이 이루어지는 날이기도 합니다. 이렇게……."

크리스틴 잭슨 감독이 천천히 말을 이어갔다. 개인적인 소감과 더불어 관계자들에게 감사의 인사를 말을 건넸다. 크리스틴 잭슨 감독의 말을 들으니 촬영이 시작한다는 실감이 확 났다. 건우는 크리스틴 잭슨 감독의 말을 고개를 끄덕이면서 집중하여 들었다.

그의 말이 조금 길어졌지만 누구도 불평을 하지 않았다.

이윽고 말을 마친 크리스틴 잭슨 감독이 엄숙한 표정을 지었다. 그러자 스태프 중 하나가 아름다운 검을 들고 다가

왔다.

건우는 검을 본 순간 어떤 검인지 알 수 있었다.

'골든 시크릿'의 이야기에서도 중요한 검이었다. 어둠을 몰아내고 광명을 가져다주는 검, 성공와 평화를 나타내는 검이었다. 무척이나 정교한 양각이 되어 있어 아름다웠다.

실제 무기로서는 어떨지 모르겠지만 적어도 장식품으로는 좋아 보였다. 만약 저게 무림에 떨어진다면 그 아름다움만으로도 아마 쟁탈전이 났을 지도 몰랐다.

크리스틴 잭슨 감독은 엄숙히 검을 양손으로 잡더니 위로 들어 올렸다.

"광명으로 이룬 역사 앞에 성공과 평화만이 있으리!"

"위대한 아르가토스가 함께하시길!"

"우리는 평화의 항해자!"

"어둠은 그저 스쳐가는 파도일 뿐!"

크리스틴 잭슨 감독이 그렇게 말하자 모두 그렇게 제창했다. 건우도 따라했는데, '골든 시크릿'에서 유명한 구절이었다. 위대한 신 아르가토스를 찬양하는 구절이었는데, 각 연합군의 수장들이 어둠의 군세와의 일전을 앞두고 외치기도 했다.

수많은 스태프들이 한마음으로 외치니 마음을 울렸다.

"오우, 이거 비싼 거라 망가지면 곤란하지."

크리스틴 잭슨 감독은 묵직한 검을 조심스럽게 스태프에게 건넸다. 그리고는 다시 말을 이었다.

"아르가토스가 우리와 함께할 것입니다. 그 말인즉, 대박이 날 거란 말이지요! 제 공식적인 발언은 여기까지입니다."

모두 박수를 치며 환호를 보냈다.

건우도 마찬가지였다.

'음?'

건우는 자신의 뒤에 있던 E팀 배우들이 몰래 어디론가 가는 것을 알아차렸다. 몰래 가려고 했던 것이었겠지만 건우를 속일 수는 없었다.

건우는 저들이 왜 저러는지 그저 궁금할 뿐이었다. 아직 다 끝나지 않았는데, 단체로 어디론가 빠져나간다는 것은 나중에 말이 나올 수도 있었다.

크리스틴 잭슨 감독이 그들을 힐끔하고 바라본 것을 느꼈다. 그러나 딱히 다른 말을 하지는 않았다.

"지금부터는 사적인 축하를 하겠습니다. 영화와는 관계없는 이야기이기는 하지만 기왕이면 모두가 같이 축하해 주었으면 하는 바람입니다."

크리스틴 잭슨 감독이 건우를 바라보았다. 그러자 배우와 스태프들도 건우를 바라보았다. 배우와 스태프들은 모두 웃고 있었는데, 건우는 영문을 몰랐다. 자신을 제외하고 모두 무슨 일인지 아는 눈치였다.

"요정왕 헬멘스 역의 이건우 씨. 합류하자마자 개인 트레이닝 외에 스턴트 코디네이터 조나단과 함께 여가 시간을 모두 반납하고 무술 자문으로서 힘써주셨습니다. 덕분에 축하하는 자리도 참여하지 못하고 하루 종일 트레이닝 센터에서 계셨지요."

건우는 최근에 거의 트레이닝 센터에서 살다시피 했다. 어제 하루 휴식을 갖은 것을 제외하면 최근 3개월은 아주 바쁘게 보냈다. 영화 촬영을 앞두고 구설수에 휘말리면 골치 아프니 더욱 외부 노출을 안 한 것도 있었다.

파파라치도 그것에 한몫했다.

E팀이 케이크를 들고 나왔다. 케이크에는 빌보드 17이라고 써져 있었다. 어제 새벽에 1위 발표를 했는데, 건우가 17주 연속 1위를 달성했다. 기쁘기도 했고, 주위에서 축하 전화가 오기도 했지만 건우는 티를 내지 않고 있었다. 촬영에 지장을 주고 싶지 않았기 때문이다.

어젯밤 TV를 보면서 혼자 웃으며 자축했다. 에이전시에서는 축하 파티를 제안했지만 건우가 정중히 거절했다. 시기가 시기인지라 축하하는 자리를 가질 수는 없었다.

"이 자리를 빌어 진심으로 축하드립니다."

짝짝짝!

모두 박수를 쳐주었다. 요즘 건우의 노래를 들어보지 않은 사람은 없었다. 게다가 영화 입장에서도 주목도가 높아졌기 때문에 호재였다. 덕분에 순수하게 모두 건우를 축하해 줄 수 있었다.

"와아!"

"축하해요."

"노래 잘 듣고 있어요."

수많은 사람들이 축하해 주니 조금 얼떨떨했다. 그냥 이렇게 지나갈 줄 알았는데, 뜻밖의 축하를 받으니 기분이 좋기도 했다.

크리스틴 잭슨 감독이 건우에게 다가왔다.

"축하해. 새로운 역사를 썼더군. 노래로 미국을 정복하다니! 아니지, 세계를 정복한 거지!"

"정복이랄 것까지야… 감사합니다. 케이크까지 준비하셨네요?"

"하하, 공 좀 들였지. 어때?"

에란과 제시카가 건우의 앞으로 케이크를 가져왔다. 방패 모양의 케이크였다. 건우가 핸드폰을 꺼내며 자신의 모습과 함께 케이크를 찍으려 하자 크리스틴 잭슨 감독은 물론 배우와 스태프들이 뒤로 몰려왔다.

화면에 건우와 사람들이 가득 잡혔다. 카메라도 건우를 찍고 있는 걸 보니 나중에 메이킹 영상으로 공개가 될 것 같기도 했다.

"좋아! 우리도 새로운 역사를 써보자고! 자자! 움직여!"

크리스틴 잭슨 감독이 손뼉을 한차례 치며 그렇게 외치자 모두 부산하게 움직이기 시작했다. 카메라, 장비 점검부터 시작하여 세트장 점검까지 이루어지고 있었다.

배우들은 조감독의 지시에 맞춰 움직였다. 촬영이 이제 막 시작되었지만 체계적인 시스템을 느낄 수 있었다. 계획표대로 딱딱 진행하고자 하는 의지가 강했다.

한국 드라마 촬영을 할 때는 상황에 따라서 임기응변으로 대처한 적이 많았지만 할리우드는 그런 것과는 거리가 멀었다.

"건우 씨, 스테판 씨, 그리고 드워프분들 분장받으세요! 다른 분들은 그다음입니다! 아! 건우 씨, 이리로!"

분장팀이 건우를 불렀다.

드디어 촬영이 시작되었다.

*   *   *

분장실은 꽤 컸다. 예전에 왔을 때보다 훨씬 정리가 잘되어 있었고, 당연한 말이었지만 스태프들도 많았다. 일단 시간이 가장 많이 걸리는 드워프 배역들이 먼저 분장을 받고 있었다.

인체 비율을 줄이기 위해 두툼한 옷 위에 갑옷을 입을 예정이었다. 딱 봐도 더워 보였지만 실내 세트장 촬영이니 괜찮을 것 같았다.

"허허! 어떤가, 요정왕이여! 산타클로스 같지 않은가?"

드워프, 도두한 리 역할의 다니엘 오스먼트가 건우를 보면서 그렇게 말했다. 얼굴의 반을 붉은 수염으로 가리고 있었다. 수염의 끝에는 여러 장식들이 붙어 있었는데, 전혀 깔끔하게 느껴지지 않았다. 굳이 표현하자면 정리된 지저분함이었다.

건우와 키가 비슷했지만 분장한 그를 멀리서 보면 상당히 작아 보였다.

"음, 산타클로스 치고는 좀 무서운데요? 오히려 산적 같아요."

"허허헛! 산적도 좋구만! 기왕이면 산적의 캡틴이라 불러주게! 내 도끼가 드래곤의 목을 베겠지. 허허! 멋지지 않은가! 이 크고 아름다운 도끼를 보게나."

다니엘은 배역에 완전히 빠진 것 같았다.

"어디서 냄새나는 드워프가 짖나?"

"크흐, 망할 초식 동물 같으니! 똥도 초록색이냐?"

"경박하기는!"

"허허헛! 경박한 것은 네놈의 칼놀림이겠지."

요정왕 호위 역의 배우와 다니엘의 대화였다. 대화 중에 실제로 다니엘이 도끼를 겨누기까지 했다. 서로 진짜 싫어해서 그런 것이 아니었다. 엘프와 드워프는 사이가 나쁘니, 그저 배역 몰입을 위한 장난에 가까웠다.

나름대로 보기 좋은 광경이었다.

건우는 피식 웃고는 분장을 받기 시작했다. 건우의 경우에는 머리 염색부터 시작해서 시간이 더 걸렸다. 일단 탈색을 먼저 하고 금발로 염색을 했다. 눈썹도 염색하는 걸 잊지 않았다.

염색을 하고 나서 본격적으로 분장이 시작되었다. 건우의 염색한 머리색에 맞춰서 머리카락을 달았다. 어깨 밑까지 내려오는 장발이었다. 뾰족한 귀까지 달고 렌즈까지 꼈다. 가볍게 화장을 받자 분장이 끝났다.

분장사들의 눈빛이 유난히 반짝였다. 거울을 보니 낯선 인물이 자신을 바라보고 있었다.

'신기하네.'

분위기 자체가 완전히 달라져 있었다.

화장을 하고 머리카락 색깔과 모양, 눈동자 색깔을 바꾼 것만으로도 아예 사람 자체가 달라 보였다. 아름다움을 부각시키려 공들인 화장의 영향도 컸다. 이렇게 꾸미고 보니 새삼 자신의 얼굴이 대단히 잘났다는 것이 실감이 되었다.

누구도 건우의 그런 생각을 오만하다고 따지지 않을 것이다. 그 어느 사실보다 가장 정확한 말이었으니 말이다.

건우는 이렇게 진한 분장을 받은 것은 이번이 처음이었다. 종족 자체가 진짜 달라진 것 같았다.

바로 분장팀 스태프들의 도움을 받아 요정왕 의상과 소품을 착용했다. 건우의 머리에 마치 가시왕관을 형상화한 듯한 왕관이 착용되었다. 머리에 쓰는 것이 아니라 붙이는 형식이었는데, 금속으로 되어 상당히 무거웠다.

"좀 무거운데 불편하지는 않나요?"

"괜찮습니다."

스태프의 말에 건우가 목을 움직여 보며 대답했다.

일반인이라면 조금 버거울지도 몰랐지만 건우에게는 전혀 무리가 없었다. 왕관을 붙이는데 상당히 오랜 시간이 걸렸다. 촬영을 할 때마다 매번 이렇게 붙여야 했다. 아무래도 판타지 영화다 보니 분장하는 데 시간이 많이 걸렸다.

"역시 대단히 잘 어울리네요! 본래는 조금 더 평범한 느낌이었는데, 디자이너들이 새로 바뀌어요. 역시 그 선택이 옳았군요. 개인적으로는 조금 더 화려해도 될 것 같은데……."

"그렇습니까? 이제 된 건가요?"

"아니요! 아! 왔네요."

길다란 플라스틱 상자가 배달되었다. 건우 앞에 있는 테이블에 놓였는데, 건우의 분장 담당자가 그것을 열어 보였다. 그곳에는 목걸이, 귀걸이, 반지뿐만 아니라 수많은 보석들이 놓여 있었다. 보석은 가품이기는 하지만 모두 요정왕에 맞춰서 주문 제작 한 것이었다.

그녀의 눈빛은 열기로 뜨거웠다. 건우는 그답지 않게 살짝 신음을 흘렸다.

"이제 시작이에요."

"아……."

건우에게 3명이 달라붙었다. 착용한 상태로 보석과 장신구들을 붙였다. 머리카락을 묶는 끈조차 대단히 화려했다. 어깨와 등 부분에도 가시덩굴 같은 금속 장식을 붙였다. 하나하나 신중하게 작업해서 시간이 좀 걸렸다. 익숙해지면 좀 더 빨라질 것 같기는 했다.

"다 됐습니다."

분장이 모두 끝났다. 건우는 거울을 살펴보았다. 건우가 상상했던 것보다 훨씬 왕 같은 모습이 되어 있었다.

손에 물 한 방울 안 묻혀봤을 것 같은 고귀하고 화려한 왕이었다.

에란은 이미 분장을 마치고 세트장에서 촬영 중이었고 건우와 같이 나오는 제시카를 포함한 엘프 역의 조연배우들은 세트장 근처에 있었다.

촬영 시간까지는 여유가 있었지만 대사를 맞춰보는 중인

것 같았다. 일생일대의 기회니 잘하고 싶은 절실한 마음이 보였다.

'그래도 한국 조연배우들보다는 상황이 낫겠지.'

미국의 배우들은 법적으로 최저임금이 보장되어 있었다. 물론 한국과 미국 영화 시장은 각자 장단점이 있겠지만 이런 점에서는 본받을 만했다.

건우가 나오자 그들의 시선이 건우에게로 쏠렸다. 감탄 섞인 반응은 이제 익숙했다.

"어때요? 괜찮나요?"

"아⋯⋯."

"감독님이 보면 기절하겠는데요?"

엘프 배우들의 눈이 반짝반짝 빛났다.

립 서비스가 절대 아니었다. 본래 건우의 모습도 대단했지만 지금은 그것을 초월하고 있었다. 요정왕이라는 존재를 소화하기 위해 나타난 배우 같았다. 아니, 요정왕이라는 역할은 이건우라는 배우를 위해서 만들어진 것인지도 몰랐다.

'대기실에 가기는 좀 그런데.'

일정을 보면 건우의 촬영까지는 여유가 있었다.

촬영은 A팀과 B팀으로 나눠서 하기에 촬영 속도가 빠른 편이었다. 한국 영화와는 다르게 할리우드 영화는 스케줄 표에 따라 정확히 이루어졌다. 그날 촬영분만 소화하면 일정이 끝나는 것이다. 하지만 그런 시스템 속에서도 대기 시간은 꽤 있었다.

배우가 쉴 수 있는 대기실이 있었는데, 주연급 같은 경우에는 꽤 쾌적한 대기실이 주어졌다. 건우는 대기실로 가지 않고 바로 세트장으로 향했다.

'대단한데?'

건우는 세트장을 보고 감탄했다. 거대한 공간에 빼곡히 들어차 있는 세트는 진짜 판타지 세계의 풍경을 옮겨놓은 것 같았다. 배경으로는 CG 작업을 위한 초록색 천이 둘러져 있었다.

'후반 작업이 굉장히 길다고 했지?'

크리스틴 잭슨 감독에 따르면 '골든 시크릿'은 CG 기술의 결정체라고 봐도 무방하다고 한다. 성향에 따라 CG를 가급적 쓰지 않으려 하는 감독도 있었지만 크리스틴 잭슨 감독은 모든 것을 활용하자는 주의였다.

'신성함으로 향하는 통곡, 가시나무 숲이군.'

세트장을 보니 소설 속 장면이 떠올랐다.

엘븐스로 가기 위한 가시나무 숲이었다. 이곳에서 인간족의 전사, 스테판이 맡은 알론스 세칼락이 요정왕의 딸, 엘리아와 만나게 된다. 오크들에게 쫓기는 알론스를 엘리아가 구해주게 되는데, 그 이후 중간계를 구하기 위한 여정이 시작되는 것이다.

건우는 심장이 두근거렸다.

드라마 때와는 달랐다. 상상 속의 세계가 영상으로 구현되는 광경을 보니 흥미진진했다.

본래 소설 속 가시나무 숲의 방대한 영역에 비한다면 세트장은 초라할 정도로 좁았지만 어차피 CG로 처리되니 상관없었다. 초록색 매트나 건물 부분은 CG로 덧입혀질 곳이었다.

'오크도 괜찮네.'

분장이 꽤 잘되었다. 녹슨 질감의 갑옷과 두터운 가죽은 분장 수준이 아니라 변신과도 같았다. 오크 중에서도 표정이 풍부한 오크는 따로 담당 배우가 모션 캡처를 통해 표정 연기를 한다고 한다.

스테판의 표정 연기는 좋았다. 검을 잡으며 주변을 둘러보는 몸짓도 현실감 넘쳤다. 괜히 할리우드 배우가 아니었다.

스테판이 오크들에게 맞서 처절하게 검을 휘두르는 장면으로 이어졌다. 크리스틴 잭슨 감독이 직접 동선을 알려주었는데, 조나단이 옆에서 동작을 거들었다.

"여기서 검을 맞으면서 좀 더 처절하게 가야 해. 그러니까…… 오크들이 주먹을 내려치면……."

"음, 약간 수정해야겠는데요?"

"그렇지, 조금 더 처절한 느낌으로 가야 해."

액션 연기를 하는 와중에도 그 안에서 감정을 표현하는 건

힘든 일이었다, 스테판도 잘해내고는 있지만 이미 건우로 인해 보는 눈이 팍 올라버린 크리스틴 잭슨 감독 눈에는 어설프게만 보였다.

크리스틴 잭슨 감독은 세트장 옆에 마련된 모니터 룸에서 몇 번이고 촬영 장면을 돌려봤지만 고개를 설레 저었다. 조나단의 팀이 짠 액션 장면과 같이 배치해 보며 돌려보았던 동선인데, 막상 연출해 보니 부족함을 느낀 것이다.

스테판의 본격적인 액션 연기는 이번이 처음이라 감을 잡지 못하는 것도 한몫했다. 액션이 아닌 연기 장면은 무난하게 넘어간 걸 보면 그의 연기력이 부족하지 않음을 증명하고 있었다.

미리 계획된 콘티대로 팍팍 진행된다면 영화 촬영 기간이 몇 달이 걸리는 일은 없을 것이다.

이야기가 조금 길어졌다.

'별로 한 것도 없는데 벌써 오후네.'

시간이 무척이나 빠르게 흘러갔다. 촬영은 오전 7시부터 오후 7시까지 예정되어 있었는데, 벌써 반이 넘게 흘렀다. 조연배우들은 무작정 대기를 해야 하는 경우도 많았다. 주연배우 위주로 흘러가는 스케줄이다 보니 어쩔 수 없었다.

본래 건우는 차분하게 현장 분위기를 느껴볼 생각이었다.

"……"

"커피 드실래요?"

"아, 네."

건우의 호위 역으로 나오는 엘프 배우 중 하나가 건우에게 머그컵을 건네주었다. 그들은 건우 주위를 호위하듯이 서 있었다. 건우의 옆에 있으면 뭔가 홀리듯 배역에 집중하게 되는 모양이었다. 건우는 더 이상 E팀에 대해서 생각하는 걸 포기했다.

'리온이 단체로 생겨 버렸어……'

리온은 성격이 완전히 개조되었다면 E팀은 본인의 성격 그대로 건우에 대한 호감도가 엄청나게 올라가 버린 느낌이었다.

'화경에 오르기 전까지는 어쩔 수 없는데.'

현재 건우는 자연스럽게 발산되는 기운을 조절할 수는 없었다. 매일 꾸준히 내공을 축적하고는 있지만 이제 반 갑자가 넘는 내공이 모였을 뿐이다. 일 갑자 이상이 되어도 화경의 경지를 밟는 것은 요원했다.

본래라면 큰 영향이 없었겠지만 이번에는 달랐다. 건우의 지도로 인해 그들의 감각이 활성화되어 있었는데, 그렇기에 건우의 기운을 받아들이기 더 쉬웠던 것이다.

트레이닝 기간이 3개월이었던 것이 다행이었다.

'과거였다면 엄청난 세력을 구축했을지도 모르겠군.'

그때 이 무공을 익혔다면 무림맹주를 넘어설 수 있었을 것 같았다. 모니터를 하고 있던 조나단이 건우를 바라보았다. 크리스틴 잭슨 감독도 건우를 바라보았다.

"오, 환상적이야. 요정왕과 엘프 부대! 아, 이거 영감이 팍팍 솟아오르는구만!"

심각했던 분위기가 단번에 풀어졌다. 크리스틴 잭슨 감독이 '골든 시크릿'에 나오는 인사를 했다. 전쟁 중 왕에게 예를 표하는 방법이었는데, 심장 부근에 주먹을 얹고는 허리를 깊게 숙이는 방식이었다.

건우는 살짝 웃고는 고개를 끄덕여줬다. 크리스틴 잭슨 감독은 웃음을 터뜨렸다. 그 모습이 마음에 든 모양이었다.

"아! 마침 잘되었네요. 건우 씨."

"아까는 인사를 못 드렸네요."

"다들 바쁘니까요. 잠깐 이것 좀 봐주실래요?"

건우의 이름은 조다난팀에도 올라가 있었다. 직급 같은 것은 없고 단지 자문을 해주는 정도였지만 그래도 엔딩 크레딧에 확실히 오를 예정이었고 월급도 나왔다.

건우는 모니터를 하며 크리스틴 잭슨 감독의 의견을 들었다. 감독의 권위가 확실했지만 의견 교환에 있어서는 수평적인 자세였다. 스테판도 옆에서 조심스럽게 이런저런 의견들을 말해주었다.

가까이 다가온 건우를 바라보는 크리스틴 잭슨 감독은 살짝 긴장한 기색이 보였다. 건우는 그 모습이 이상해 그에게 물었다.

"왜 그래요?"

"아… 네가 음……. 위엄이 넘쳐 보여서. 뭔가 진짜 왕을 보는 것 같다고 할까?"

"좀 잘났나요?"

"하핫! 건방진 말이지만 부정할 수 없군. 아직도 그 동영상을 돌려본다니까. 너무 충격이었어."

건우와 처음 만난 날 보였던 시연이 크리스틴 잭슨 감독에게 새로운 세계를 보여주었다. 그는 지금 최고로 의욕이 불타고 있었다.

크리스틴 잭슨 감독은 웃으면서 모니터 화면을 가리켰다.

"여기서 좀 더 임팩트가 있으면서도 처절했으면 좋겠어. 화려함도 조금 더 가미했으면 하고."

크리스틴 잭슨 감독의 말에 조나단은 고개를 설레 저었다. 건우는 크리스틴 잭슨 감독을 바라보았다.

"그냥 계획대로 해도 괜찮을 것 같은데……."

"음, 그것도 그런데… 아무튼 내가 괜히 할리우드 최고의 스턴트 코디네이터 조나단과 함께하는 게 아니지! 그리고 건우, 자네도!"

"흐음……."

"건우! 자네도! 자네도 말이지!"

"알았어요. 그만 소리쳐요."

큰 틀은 워낙 잘 짜여 있어 건우가 보기에도 괜찮았다. 약간 수정했으면 하는 부분들을 조나단과 이야기를 했다. 말로만 하면 이해가 잘 안 되니 건우가 직접 해보기로 했다. 건우는 스테판에게서 검을 건네받았다.

묵직한 양손검이었다.

날이 서 있지 않을 뿐이지 검이라고 부를 수 있을 정도로 훌륭했다. 날만 갈면 검으로도 쓸 수 있을 것 같았다. 이런 소품으로 촬영을 하니 철저한 훈련이 필요했던 것이다.

"좋은 검이네요."

"음, 특수 제작 한 거야. 꽤 비싸다고."

건우는 검날을 손으로 만져보았다.

스릉!

가볍게 훑은 것임에도 검이 진동했다. 딱히 기교 같은 것은 아니었다. 검의 균형을 확인하는 작업일 뿐이었다. 가볍게 한 행동임에도 건우의 모습과 어울리며 환상적인 광경을 연출해 냈다.

"건우, 방금 했던 거, 그것도 네 신에 넣자."

"네."

"좀 더 없어? 멋진 자세라던지."

크리스틴 잭슨이 건우를 보며 그런 걸 주문했다. 건우는 이토록 뜨거운 관심을 가져주니 기분이 좋아졌다. 한번 검을 뽑으면 피를 봐야 하는 것이 무림의 법도였지만 이제는 시대가 확실히 변한 느낌이었다. 사람들에게 즐거움을 줄 수도 있었다.

휘리릭!

건우는 검을 이용한 화려한 자세를 몇 번 잡아주었다. 무공은 가지각색이라 화려함에 치중된 것들도 꽤 많았다. 정식으로 익힌 것은 아니지만 흉내 내는 것이라면 충분히 가능했다. 좋은 참고가 되었는지 조나단도 흥미진진한 눈으로 건우를 바라보았다.

건우의 손에서 펼쳐지는 것들은 검술이 아니라 예술로 보였다. 레벨이 너무나 달랐다.

"여기를 이런 식으로……"

롱테이크로 찍는 것이 아니기 때문에 차근차근 보여줄 수 있었다. 시연과 함께 살벌한 예기가 뿜어지니 오크로 분장한 스턴트 배우도 움찔했다. 자세 몇 부분과 동선만 바꿨을 뿐인데도 좀 더 묵직한 느낌으로 바뀌었다.

크리스틴 잭슨 감독이 상당히 만족해했다.

건우는 스테판의 곁에서 직접 자세를 교정해 주었다. 조나단은 수정한 동선에 맞춰 스턴트팀을 조율했다. 스테판은 소질이 있는지 금세 따라할 수 있게 되었다.

머리도 좋고 근골도 좋았다. 몸도 꽤 유연했다.

"잘하네요."

"덕분에……."

건우가 순수하게 칭찬을 해주자 스테판은 어색하게 미소 지었다.

스테판은 미안한 기색을 보였다. 건우는 주연급 배우이니만 큼 자기 연기를 신경 쓰기도 벅찰 텐데 이렇게 여러모로 신경 을 써주는 것이었다.

스테판은 왜 E팀의 배우들이 건우를 쫓아다니는지 비로소 이해가 되었다. 레이먼 진스와의 우정을 이유로 텃세를 부렸 던 자신이 부끄러워졌다.

그건 이미 후회하고 있었지만 사과할 타이밍을 잡지 못했 었다.

"저… 건우 씨."

"네?"

"지금까지 죄송했습니다."

건우는 피식 웃었다.

"그럼 저한테 하나 빚진 거예요. 나중에 술이나 한잔 사주 세요."

"아, 그걸로 좋다면. 얼마든지 좋습니다. 열 잔, 아니, 백 잔이라도 사지요."

건우가 먼저 손을 뻗자 스테판이 미소 지으면서 건우의 손을 잡았다. 모처럼 웃는 스테판의 모습은 굉장히 사내다웠다. 그에게는 사내다운 멋이 있었다. 건우와는 조금 다른 느낌의 외모였다.

'멋지게 생겼네. 그리고 보니 사생활이 아주 반듯하다고 했던가?'

건우는 그렇게 생각하며 웃었다.

건우는 용서에 인색하지 않았다. 진심 어린 사과를 한다는 것 자체가 그 사람의 인성을 나타내 주었다.

잠시 이야기를 나눴다.

생각보다 빠르게 가까워졌다. 그런데 스테판의 본모습은 대단히 의외였다. 스테판은 그 모습에 어울리지 않게 엄청난 수다쟁이였다. 듬직하고 강인한 사내다운 외모에 비해서 말이 무척이나 많았다.

"그래서 제가 작년에는 푹 쉬었죠. 그때 몸이 많이 굳어서 회복하는 데 아주 애를 먹었습니다. 무려 20kg이나 쪄서 정말이지……."

"아… 네."

"아! 근데 재작년에는 그렇지 않았어요. 그러니까……."

투머치토커.

그 단어가 머릿속에 떠올랐다. 가만히 놔두면 자기가 살아온 인생을 전부 말할 기세였다.

머리가 울릴 지경이었다. 처음 느껴보는 압박감이었다. 건우는 위기감을 느꼈다.

무언가 자신이 스테판에게 굳게 봉인되어 있던 것을 해제시켜 버린 느낌이었다.

'사과를 괜히 받았나?'

바로 후회를 찾아왔다.

어쩌면 신종 괴롭힘인지도 몰랐다.

스테판에게서 간신히 벗어나 뒤를 바라보니 E팀의 배우들이 질투 어린 눈으로 보고 있었다.

'좀 봐줘라.'

왜인지 E팀의 배우들은 건우의 추종자로 진화한 것 같았다.

*   *   *

촬영 시간이 길어진 탓에 긴 시간을 기다려야 했지만 건우의 촬영이 미뤄지지는 않았다. 짧게 등장 신을 찍을 예정이었다. 생각보다 촬영 스케줄은 타이트하지 않았다. 정해진 시간을 준수하려고 노력하고 있었다. 밤샘 촬영이나 무박 촬영에 대한 걱정은 없었다.

쪽대본 드라마를 찍을 때와는 많은 차이가 났다.

배우로서도 페이스 조절을 할 수 있어 더욱 연기에 집중할 수 있는 환경이었다.

'분장을 매일 해야 하는 게 좀 그렇지만……'

그것을 제외하고는 모든 것이 마음에 들었다.

대기실도 잘되어 있어서 쉬기 딱 좋았다. 침대도 있고 TV도 있었다. 다만 인터넷은 보안상의 문제로 되지 않았는데, 주연 급 배우들에게 핸드폰을 걷거나 하지는 않았지만 대부분의 스태프들은 세트장에 들어오기 전에 휴대폰을 반납하고 있었다.

그것을 들은 건우도 핸드폰을 대기실에 놔두고 있었다.

건우의 차례가 다가왔다. 건우는 본격적으로 몰입하기 시작했다. 건우는 적당히 조절할 생각은 절대 없었다. 무술이나 그런 것은 지금의 건우에게는 부가적인 것일 뿐이었다.

'제대로 해보자.'

대본 리딩 때는 현장 분위기를 생각해서 적당히 조절한 느낌이 있었다. 이제는 자신에게 익숙해졌을 테니 괜찮을 것 같았다. 건우가 짧은 시간 이곳에서 느낀 것이 있다면 자신의 가치를 확실하게 증명해야 한다는 점이었다.

어디에서나 마찬가지긴 하겠지만 이곳은 확실히 능력을 보여줬을 때와 아닐 때의 온도 차이가 심했다.

건우가 요정왕 헬멘스 역에 몰입하자 처음에는 표정이 달라졌다. 그리고 건우를 감싸고 있던 분위기, 기세가 완전하게 반전되었다. 사소했던 버릇들까지 상상 속의 인물로 대체되었다. 본래 연기에 쓰이는 무공이 아닐 테지만 건우는 어떤 무공이든 쓰기 나름이라고 생각했다.

대기실에서 나와 건우와 마주친 스태프는 모두 몸을 움찔거렸다. 기세를 뿜거나 하지는 않았지만 자연스럽게 건우의 앞에서 위축되었다.

촬영장에서 웃으면서 분위기를 주도하던 건우의 모습과 지금은 완전히 딴판이었다. 건우를 바라보는 배우들은 모두 머리카락이 쭈뼛 서는 경험을 했다.

크리스틴 잭슨 감독도 마찬가지였다. 대본 리딩에서 느꼈던 소름끼치던 경험이 떠오르자 그는 몸을 부르르 떨었다. 배우가 촬영에 앞서 배역에 몰입하는 것은 당연한 일이었다. 그동안 수많은 배우를 봐온 크리스틴 잭슨 감독이었지만 이런 경험은 처음이었다.

'환상적이야.'

그는 그렇게 생각했다. 아직 촬영에 들어가지 않았음에도 눈앞에 보이는 저 사내는 이미 요정왕 그 자체가 되어 있었다. 그가 가진 액션배우로서의 재능도 높게 샀지만 크리스틴 잭슨 감독이 그를 고른 것은 이런 짜릿한 느낌을 주는 연기력 때문이었다. 그의 뮤직비디오, 그리고 드라마를 봤을 때 느꼈던 감각은 결코 착각이 아니었다.

크리스틴 잭슨 감독은 겉으로는 침착함을 유지하면서 건우에게 이런저런 것들을 주문했다. 목소리에는 흥분이 섞여 있었지만 많이 억제한 티가 났다. 상기된 뺨을 보면 마치 사랑에 빠진 소녀 같았다. 물론, 소녀와는 외관 차이가 너무 많이 나기는 하지만 말이다.

건우가 찍을 장면은 간단했다. 가시나무 숲에 들어온 오크들을 보면서 분노를 느끼는 장면이었다. 신성한 숲을 더럽히는 자들에 대한 분노와 하등한 존재를 위해 싸우고 있는 엘리아에 대한 실망, 그리고 중간계의 나약함에 대한 조소를 보여주어야 했다.

짧은 장면이었지만 앞으로 펼쳐질 영화의 스토리에서 요정왕이 어떤 인물인가를 보여주는 중요한 장면이었다. 첫 등장이니만큼 강한 임팩트가 필요했다. 극장에서 영화를 보는 관객들도 압도될 만한 모습을 보여줘야 했다.

건우는 그러한 점을 잘 알고 있었다. 크리스틴 잭슨 감독이 주문한 것들을 떠올리며 완전히 배역에 몰입했다. 이곳이 영화 세트장이고, 카메라가 돌아가고, 주변에 수많은 스태프들이 있다는 것은 잘 알고 있었다. 배우들도 자신의 배역을 연기하는 것일 뿐이었다.

그러나 건우는 그런 것들을 더 이상 신경 쓸 수 없었다. 카메라가 돌아가고 있는 순간만큼은, 그가 상상한 연기를 사실로 받아들였다.

새로운 곳에서 새로운 경험을 했기 때문일까?

건우의 몰입과 집중은 여태까지 경험해 왔던 모든 상황을 통틀어 최고였다.

엘븐스에서 가시나무 숲으로 가는 입구에 섰다. 건우의 표정은 무척이나 차가웠다. 경멸과 분노가 떠오른 눈빛은 마주치는 것만으로도 몸이 벌벌 떨릴 만했다.

E팀 배우 제시카는 몸을 움직이며 대사를 해야 했지만 건우의 기백에 눌려 NG를 냈다. 다른 조연배우들도 몸이 굳어 버린 듯이 서 있기만 했다.

간신히 적응한 순간, 신세계가 펼쳐졌다. 자신의 몸이 저절로 움직이고, 그에 맞는 감정이 자연스럽게 표현되었다. 여기가 세트장인지, 아니면 다른 곳인지 경계가 모호해지는 느낌이었다. 건우의 감정에 동화되니 어느새 배역에 몰입이 되어 있었다.

다른 조연들도 마찬가지였다.

다시 카메라가 돌기 시작했다.

건우, 헬멘스는 하얀 대리석 위에서 가시나무 숲을 바라보았다. 지독하리만큼 차가운 표정은 정이라는 것을 전혀 느낄 수 없었다. 마치 얼음 그 자체를 빚어놓은 것 같은 느낌이었다.

호위대장이 절도 있게 다가와 부복했다. 티를 안 내려 노력하고 있었지만 헬멘스에 대한 두려움이 느껴졌다.

"감히……."

헬멘스의 눈빛에는 살기가 감돌고 있었다. 마치 위에서 누가 내리누르는 듯한 중압감이 주변을 지배했다.

"모조리 죽여라."

헬멘스의 말에는 거대한 기운이 담겨 있는 듯했다. 호위대장은 물론이고 주변의 그 누구도 헬멘스의 말에 토를 달지 못했다. 다만 머리를 깊게 숙여서 복종의 뜻을 전할 뿐이었다.

헬멘스가 고개를 돌리며 엘븐스로 사라졌다.

헬멘스가 자리를 떴음에도 아직까지 부복하고 있는 호위대장에게 엘프 병사가 다가왔다.

"공주님이 나간 사실을 폐하께 아직 들키지 않은 것 같습니다. 만약 들킨다면……."

"…폐하께서는 모르는 것이 없으시다."

호위대장의 목소리는 무겁게 가라앉아 있었다. 잠시 무거운 침묵이 감돌았다.

"컷! 좋아!"

확성기를 든 크리스틴 잭슨 감독이 그렇게 외쳤다. 크리스틴 잭슨 감독은 확성기를 내려놓고 박수를 쳤다. 영화 연출을 하면서 단 한 번도 그런 적이 없었는데, 이번만큼은 달랐다.

한 장면, 한 장면이 예술이었다. 버릴 장면이 하나도 없었다. 오늘 건우의 진면목을 보니, 분량을 대폭 늘려 버리고 싶은 마음만 들었다.

'결말이 정해져 있는 캐릭터라 아쉽군. 1부에서 하차라니……'

크리스틴 잭슨 감독은 그렇게 생각했다.

원작 소설을 바탕으로 영화를 만들게 되면, 많은 이점이 있었지만 단점도 존재했다. 결말을 비트는 것이 금지되어 있다는 점이었다. 물론 그럴 수도 있으나 원작 팬들에게 많은 지탄을 받게 되었다.

'마법사 안리'의 경우가 그러했다. 그래서 '마법사 안리' 시리즈의 마지막 작품은 졸작 취급을 받고 있었다.

제시카가 일어나지 못했다.

"괜찮아요?"

"아… 네. 조금 지치네요."

바닥에 주저앉아 있는 제시카를 주변에 있던 배우들이 간신히 일으켰다. 진이 다 빠진 모습이었다. 엘프 병사 역의 조연배우들 중에는 컷 사인이 나오자마자 다리에 힘이 풀려 주저앉는 배우도 있었다.

고도의 집중을 한 부작용이었지만 그리 심각한 것은 아니었다. 점차 익숙해지면 아무런 문제도 없을 것이다.

건우는 작게 숨을 내쉬며 몰입에서 깨어났다.

생활에 영향을 미치기는 했지만 이제는 익숙해져 그럭저럭 컨트롤이 가능했다. 가장 좋은 수행 방법은 역시 많이 다뤄보는 것이었다.

주변이 조용했다.

몰입에서 깨어나 주변을 둘러보니 거의 대부분이 이들이 초롱초롱한 눈동자로 자신을 바라보고 있었다. 건우가 알기로 이걸로 오늘 촬영은 마지막이었다.

"음, 오늘 촬영은 끝인가요?"

건우가 묻자 크리스틴 잭슨 감동은 멍하니 건우를 바라보다가 고개를 끄덕였다. 잠시 숨을 고르더니 확성기를 들었다.

"오늘 촬영은 여기까지입니다! 수고하셨습니다. 모두 조심히 돌아가시고 내일도 잘 부탁드립니다."

크리스틴 잭슨 감독이 촬영의 끝을 알렸다.

스태프들은 빠르게 현장 정리를 했다. 크리스틴 잭슨 감독이 건우에게 다가왔다.

"건우, 사진 한 장 부탁해도 될까?"

"샘플 사진이요? 그건 처음에 찍었는데요."

"아니, 개인적인 사진이야. 나중에 사진전을 열고 싶거든. 그래서 인상적인 장면은 꼭 사진으로 남기고 싶어."

"그거 멋진 생각이네요. 그때가 되면 저도 초대해 주세요."

"당연하지!"

크리스틴 잭슨 감독은 '줄리엣'이라고 이름 붙인 사진기를 스태프에게 건네주었다.

"기왕이면 다 같이 찍죠."

건우가 에란을 포함해 엘프들을 불렀다. 건우가 근엄한 표정을 지으며 포즈를 잡자 배우들도 절도 있는 자세를 취했다. 크리스틴 잭슨 감독도 소품용 검을 들고는 멋진 포즈를 취했다. 그러나 폼은 나지는 않고 익살스러운 느낌이었다.

사진을 찍고 확인한 크리스틴 잭슨 감독은 굉장히 만족스러운 표정을 지었다.

가시나무 숲 세트장을 배경으로 엘프들과 함께 있는 자신이 보였는데, 마치 판타지 세계로 진짜 들어간 것 같았기 때문이다. 소설 속으로 들어가고 싶다는 어렸을 적 꿈이 이루어지는 순간이었다.

스테판이 은근슬쩍 건우에게 다가왔다. 서먹서먹했던 관계는 이미 사라지고 없었다. 건우가 오히려 움찔했다.

"건우 씨, 어떻게 들어가세요?"

"저는 매니저가……."

"그렇군요. 혹시 차를 살 계획은 없으신가요? 아! 면허증 때문에 조금 곤란하시겠네요. 국제 면허증이 있으시면 좋을 텐데요."

"국제 면허증이요?"

건우가 관심을 보이자 스테판의 눈빛이 무시무시하게 빛나기 시작했다. 건우는 섬뜩함을 느꼈다. 말하고도 아차 싶었다.

국제 면허증으로 시작해서 LA의 면허증 발급상황, 차량의 시세, 초보 운전자에게 좋은 차 등 엄청난 토크 폭격이 이어졌다.

나름 유익한 정보이기는 했으나 귀가 아파왔다. 주변을 보니 크리스틴 잭슨 감독은 사라져 있었고 스태프들도 자기 할 일을 하느라 바빴다.

"건우, 분장실로 가자."

"아, 그래야지."

에란이 다가와 구해줬다. 스테판은 아쉽다는 듯 건우를 바라보았다. 스테판은 다행히 에란 로비를 비롯한 E팀의 배우들 앞에서는 고양이 앞의 쥐였다.

"고마워."

"으, 응."

"스테판이 원래 저런 성격이었어?"

에란이 고개를 끄덕였다.

"그의 수다를 받아주는 이는 레이먼 진스밖에 없었어. 의리 있고 참 괜찮은 남자인데, 인기가 없는 이유가 있지. 이제 본래 성격으로 돌아온 느낌이야."

"그렇구나."

레이먼 진스는 정말 대단한 인내를 지닌 사람임이 분명했다. 건우는 그의 쾌유를 진심으로 빌어주었다. 스테판의 수다를 받아줄 정도면 적어도 악인은 아니라는 생각이 들었기 때문이다.

분장을 지우고 소품을 반납한 뒤에 집으로 돌아왔다.

할리우드에서의 첫 촬영은 그렇게 끝이 났다.

많이 피곤했다.

4. 운수 좋은 날

'골든 시크릿'이 촬영 소식은 많은 팬들을 설레게 했다. 촬영은 별다른 일 없이 빠르게 진행되어 갔고 다른 배우들도 건우에게 익숙해져 연기력도 한층 상승되어 있었다. 그 결과 크리스틴 잭슨 감독은 입이 귀에 걸려 있었다. 이안도 매일매일 극찬이었다.

　건우의 위치는 자연스럽게 올라갔다.

　건우 역시 할리우드 방식의 영화 촬영에 익숙해졌다. 연기뿐만 아니라 자신의 의견을 낼 때면 함께 고민해 주니, 같이 영화를 만들어간다는 느낌이 들었다.

건우는 더욱더 연기에 집중했다. 계속해서 오는 제안들이 있었지만 에이전트에서 거절하거나 보류해 주었다.

건우에게 쏠리는 관심도 대단했다. 빌보드 19주 연속 1위를 하고 아쉽게도 순위가 하락했지만 이미 최고 기록을 달성한 상태였다. 아직도 꾸준하게 사랑을 받는 노래였다. 다만 활동이 아예 없어 산정 점수에서 밀리기 시작한 것이었다.

20주 연속 1위를 달성하냐 마느냐가 최대의 관심사였지만 19주에서 아쉽게 내려앉았다.

＜미국 음악의 역사를 다시 쓴 이건우＞

＜빌보드를 완벽하게 점령하다＞

＜미국은 K팝 열풍?＞

＜세계를 점령한 K팝의 제왕!＞

그 후로 꽤 많은 시간이 흘렀지만 이런 제목의 기사들이 계속해서 나왔다. 건우의 팬층은 대단히 두터웠고, 이제는 아시아는 물론 서양권에서도 인기가 계속해서 치솟고 있었는데, 과도한 팬심이 문제가 되고 있기는 했다.

건슬람이니 건빠이니 하면서 국뽕을 먹었다고 비하하는 여론도 있었지만 건우가 이룬 것은 확실한 사실이니 걸고넘어지는 이들은 없었다. 얼마 전에는 여러 스포츠 스타들과 더불어

대한민국을 빛낸 인물로 선정되기까지 했다.

그 소식을 들었을 때는 조금 어이가 없기는 했다. 자신은 철저히 자신의 이익을 위해 행동한 것임에도 국위 선양을 했다고 하니 묘한 기분이었다.

건우는 가끔 들르는 팬사이트에 들어갔다. 팬카페에서 독립해서 팬사이트가 만들어졌는데, 영어뿐만 아니라 일본어, 스페인어, 중국어 등을 지원하고 있었다. 다른 나라에서도 이메일만 있다면 자유롭게 가입할 수 있었다.

YS에서 전담팀을 꾸려 직접 관리하고 있었다. 접근성이 용이해지고 글로벌해진 느낌이었다.

'규모가 커졌네.'

메인 화면은 자선 공연 때의 사진이 올라와 있었다. 어떻게 찍은 것인지는 모르지만 화보를 찍은 것 같이 고화질이었다.

카페 배경 음악은 당연히 자신의 노래였다. 건우는 오랜만에 그의 노래를 들으면서 카페를 둘러보았다.

영어 게시글도 많았고 일본어와 중국어들도 보였다. 공식 자료 같은 경우에는 여러 나라 언어로 번역해서 올려주기까지 했다.

'석준이 형이 자랑할 만하군.'

미국에 오면서 YS에서는 이런 식으로 많은 신경을 써주었다. 석준이 예전에 알려줬지만 바빠서 자주는 들어오지 못하

고 있었다. 건우의 기사가 체계적으로 정리되어 있었고, 근황
도 올라와 있었다. 팬들의 글을 읽어보니 공연을 해달라는 글
이 대다수였다.

　ㅡ캐나다에 사는 팬입니다. 제발 캐나다에 와서 공연을 해
주세요!
　ㅡ석준은 지금 당장 공연을 기획하라!
　ㅡ제발, 제발, 제발요!
　ㅡ샌프란시스코 라이브를 들은 내가 승리자! 인정합니까?

　샌프란시스코에서 했던 라이브를 통해 유입된 이들도 많았
다. 건우가 영화 촬영을 하고 있다는 걸 모두 알고 있어 아쉬
움이 담긴 투정이라고 볼 수 있었다.
　공연 후기를 보니 대단히 정성이 들어간 글들이 많았다. 값
비싼 카메라로 건우의 모습을 찍었는데, 건우가 감탄할 만큼
상당히 잘 나왔다.
　프로의 실력 같았다.
　'가볍게 근황이나 올려야겠다.'
　아직 촬영장으로 출발하기까지는 시간이 있었다. 건우는
자신의 사진을 찍었다. 셀카는 잘 찍지 않았는데, 스마트폰을
문득 살펴보니 많은 사진이 있었다.

에란, 제시카뿐만 아니라 크리스틴 잭슨, 스테판, 조나단, 그리고 E팀, D팀의 배우들까지 다양했다. 그들과 같이 찍은 사진 속의 자신은 즐거워 보였다.

건우는 피식 웃고는 방금 찍은 자신의 사진, 그리고 운동을 하고 있는 사진 등, 근황이 담겨 있는 사진을 첨부하고 글을 작성했다. 석준이 아이디를 알려줬기에 이건우 전용 게시판을 사용할 수 있었다.

안녕하세요? 이건우입니다.
영화 촬영을 하면서 잘 지내고 있습니다.
너무 늦게 소식을 전하게 되어 죄송합니다.
많은 사랑, 정말 감사드립니다.
더 좋은 모습으로 찾아뵙겠습니다.
영화도 많이 기대해 주세요.
[사진 첨부]

글을 작성하는 건 여전히 어설펐다. 건우의 그런 모습은 팬들 사이에서도 유명했다. 애플톡은 거의 대부분이 단답형이었고 가끔 남기는 근황 소식도 딱딱하고 짧았다.

그 흔한 이모티콘조차 쓰지 않았다. 기이하게도 그것에서 매력을 찾는 팬들도 있었다.

제발 SNS를 해달라고 청원하는 글도 있었지만 건우는 SNS를 신경 쓰는 것이 귀찮았다. 대중의 관심은 좋았으나 의무적으로 하기는 싫었다.

아무튼, 그래도 좀처럼 하지 않는 사진 첨부를 했으니, 팬들에게 좋은 선물이 될 것 같았다.

건우는 글을 올리고는 샤워를 하고 밖으로 나왔다.

기분이 좋은 아침이었다. 어제 밤새도록 내리던 비가 방금 멈췄다. 구름이 물러가는 것을 보니 오늘 날씨는 화창할 것이 같았다.

왠지 운수가 좋을 것 같은 날이었다.

건우의 집 앞에 매니저가 차를 대놓고 기다리고 있었다. 깔끔한 셔츠에 선글라스를 끼고 있었는데 꽤 멋졌다. 체격도 좋아서 물어보니 풋볼 선수 출신이라고 한다.

"좋은 아침입니다."

"그냥 제가 혼자 가도 되는데……."

"하하, 제 일입니다. 돈을 받으며 하는 일인데요. 이것마저 안 하면 제가 도둑놈이죠."

건우는 피식 웃고는 차에 올랐다. 차에는 토스트와 신문이 있었다. 매니저는 아침마다 건우가 먹을 걸 가지고 왔다. 그의 아내가 챙겨준 것이었다. 매번 미안했지만 매니저는 아내가 건우의 팬이라며 오히려 좋아한다고 말해주었다.

"방금 사진 올리셨던데요?"

"아, 네. 그랬죠. 어떻게 아셨어요?"

"기사가 났습니다."

"벌써요?"

사진을 올린 지 한 시간 정도 지났을 뿐이었다.

"파파라치 놈들도 별다른 성과를 못 내고 있으니까요. 다행히 건우 씨의 집 주변에는 기이한 소문이 돌아서 이제는 파파라치들이 정도를 넘으면서까지 접근하지는 않는 것 같은데……"

"이상한 사람들이 몰려오더군요."

건우의 집 주변으로 접근하는 파파라치, 그리고 무단으로 집 안으로 침입하려는 놈들도 있었다. 건우가 그들이 다가올 때마다 친절하게 살기를 쏘아 보내 기절시켜 버렸다. 그러다 보니 귀신이 출몰한다느니, 외계인이 있다느니 이상한 소문이 퍼져 나가면서 파파라치보다 더 귀찮은 사람들까지 찾아오게 되었다.

전파를 측정하는 것 같은 이상한 장비를 봤을 때는 어이가 없어 한숨이 나왔다.

건우는 이제 그냥 경찰을 불렀다. 그 편이 더 확실했다.

'음, 한번 봐볼까?'

매니저 덕분에 아까 올린 글이 생각나서 핸드폰을 켰다. 팬사이트에 들어가 자신이 올린 글을 확인해 보니 조회 수가 엄청나게 올라가 있는 것이 눈에 띄었다.

'엄청 빠르네.'

건우가 쓴 글이 벌써 여러 나라의 언어로 번역이 되어 댓글에 달려 있었다. 댓글도 벌써 700개가 넘어갔다. 새로 고침을 할 때마다 더욱 쌓여갔다. 건우는 인기가 예전보다 훨씬 많아졌음을 실감할 수 있었다.

예상대로 댓글의 반응은 좋았다. 건우의 입꼬리가 올라갔다. 이맛으로 SNS를 하는 것인지도 몰랐다.

―이미나: 금발도 엄청 잘 어울리네요! 항상 건강하길 바라겠습니다!

―김이진: 헐, 대박. 왜 이렇게 날마다 리즈 갱신 하세요? 미쳤다.

―이유리: 진짜 완전 엘프.

―한우리: 한국으로 돌아와요! 제발!

건우의 팬사이트다 보니 표현이 정중했다. 어그로들은 칼같이 실시간으로 잘려 나가고 있었다.

건우는 흐뭇하게 댓글을 읽어보다가 시선이 느껴져 고개를 돌렸다. 앞뒤의 차량에 탄 이들이 자신을 주시하고 있었다.

'또 파파라치로군.'

영화 촬영을 하면서 지겹게 본 이들이었다. 이제는 얼굴까지 다 외울 지경이었다. 며칠 동안 차 안에서 생활을 하면서까지 건우를 찍으려고 애썼다.

건우가 밖으로 나올 때마다 저렇게 따라왔다.

"천천히 가죠."

그들은 끼어들기와 과속을 밥 먹듯이 해서 위험했다. 건우의 말에 매니저는 속도를 줄였다.

오늘따라 파파라치들의 숫자가 더 많아진 것 같았다. 다행히 일찍 나와서 여유가 있으니 조금 느리게 가도 괜찮았다.

건우가 파파라치에게 신경을 끊고 다시 스마트폰을 들 때였다.

부우우웅!

갑자기 뒤에 있던 파파라치의 차량이 다른 차선으로 끼어들더니 급격히 속도를 내기 시작했다. 건우가 탄 차량의 옆으로 바짝 붙고는 창문을 내리고 카메라를 들이밀었다.

유리창에 코팅이 되어 있어 보일 리가 없었지만 바짝 밀착해서 마구잡이로 찍기 시작했는데, 건우는 심상치 않은 느낌을 받았다. 파파라치는 운전대를 잡았다 놓았다 하며 카메라를 들이밀고 있었다.

딱 봐도 엄청나게 위험해 보였다.

끼이익!

"위험……!"

도로에 고여 있는 빗물에 파파라치의 차량이 미끄러졌다. 파파라치가 들고 있던 카메라가 밖으로 튕겨져 나오며 건우가 탄 차량의 옆 유리를 때렸다. 건우의 눈에 유리에 금이 간 것이 보였다.

"이런……!"

매니저가 방어 운전을 하려 했지만 이미 늦었다. 파파라치의 차가 그대로 반 바퀴 돌더니 건우가 탄 차의 앞을 때렸다.

건우는 재빨리 내력을 끌어 올리며 매니저의 의자 시트를 뒤로 젖혔다. 급하게 잡아당겨 의자가 아예 박살났지만 지금은 그런 걸 따질 때가 아니었다.

휘이익!

매니저의 앞으로 날카로운 파편들이 스치고 지나갔다. 건우가 뒤로 젖히는 게 늦었다면 매니저의 목과 얼굴에 파편이 박혔을 것이다. 다행히 그런 사태는 피할 수 있었다. 하지만 안심할 단계는 아니었다.

부딪힌 충격에 정신을 잃은 매니저의 발이 그대로 가속페달을 밟아버렸다.

쿠웅!

차량이 가드레일을 박으며 붕 뜨기 시작했다. 내력을 끌어

올리며 집중을 하고 있는 건우의 눈에 모든 것이 슬로우 모션으로 보였다.

마치 암기처럼 뻗어오는 날카로운 파편들은 쳐냈지만 다 막을 수는 없었다. 매니저의 몸을 감싼 다음 내력을 방출하며 버텼다.

콰앙!

붕 떠올랐던 건우의 차량이 그대로 뒤집히며 쭈욱 밀려나갔다. 건우는 차량이 멈춘 후에야 매니저를 바라보았다. 머리에 피를 흘리고 있었는데 체크를 해보니 생명에 지장이 있을 정도의 부상은 아니었다.

"정신 차려요!"

콰앙! 쿵!

주변에서 큰 소리가 났다. 안전벨트 때문에 거꾸로 매달려 주위를 보니 차들이 갑작스러운 사고에 대응하지 못하고 연쇄적으로 부딪히고 있었다.

연쇄 추돌 사고가 시작된 것이다.

건우 쪽도 위험했다.

건우는 재빨리 매니저의 안전벨트를 뜯어내고 찌그러져 열리지 않는 문을 발로 찼다. 보통의 완력으로는 절대 열 수 없었지만 건우에게는 문제가 되지 않았다.

펑 하는 소리와 함께 문이 박살 나며 떨어져 나갔다. 건우는 매니저를 끌어안고 그대로 밖으로 몸을 날렸다.

빠아아앙!

브레이크를 밟으며 미끄러져 오던 트럭이 건우가 방금 타고 있던 차량과 부딪혔다.

차량이 종잇장처럼 구겨져 버렸다. 건우는 어이가 없어 그 광경을 멍하니 바라보았다.

"미친……!"

욕이 절로 나왔다.

자신의 몸을 내려다보니 어느새 파편이 어깨와 허벅지에 박혀 있었다. 움직이는 데 지장을 줄 정도는 아니었는데, 몸을 내공으로 보호하지 않았다면 죽지는 않더라도 중상을 입었을 것이었다.

'그래도 죽을 팔자는 아닌가 보네.'

반 갑자가 넘는 내공이 아니었다면 위험했을 것이다. 건우는 파편을 빼고는 긴 한숨을 내쉬었다. 현대사회에서 부상을 당할 일이 거의 없을 거라 생각했는데, 그건 확실히 아니었다.

"꺄아아악!"

"부, 불이야!"

"여, 여기 좀……!"

파파라치가 탄 차량에서 불이 나고 있었다.

건우는 뒤에서 오는 차들이 완전히 멈춘 걸 확인하고 파파라치가 탄 차량으로 접근했다. 파파라치는 정신을 잃은 상태였고 불길은 빠르게 번져갔다.

차의 문을 강하게 당기자 문이 떨어져 나왔다.

쾅!

문이 떨어져 나가며 일으킨 굉음에 파파라치가 정신을 차렸다.

"허, 허억. 끄아아악!"

파파라치는 패닉 상태였다. 다리가 차체에 끼어 움직일 수 없었는데 바로 눈앞에서 불길이 일렁이는 풍경이 펼쳐져 있었기 때문이다.

산 채로 타죽기 직전이었다.

"으아아아악!"

"진정하세요."

그는 공포에 빠져 건우의 말이 들을 수 없었다. 몸을 마구 비트니 상처가 더 벌어졌다. 사고의 원인이 그에게 있었으니 마음 같아서는 그냥 놔두고 싶었지만 그래도 불타 죽을 것을 놔두는 건 꺼려졌다.

건우는 그의 수혈을 짚자 그가 다시 의식을 잃었다. 파파라치의 끼어 있는 다리를 바라보았다. 상처가 심각해 일단 점혈로 지혈을 하고 손을 뻗어 우그러진 차체를 젖혔다.

엉켜 있는 안전벨트를 뜯어버리고 그대로 파파라치를 차량에서 꺼냈다. 건우는 쉽게 해냈지만 중장비가 없다면 힘든 작업이었다.

'아슬아슬했네.'

파파라치를 꺼내자마자 차량 전체로 불이 번지며 아주 활활 잘 타올랐다. 안전한 곳에 옮기고 주위를 둘러보았다. 그야말로 아비규환이었다.

파파라치의 차량이 미끄러지며 연쇄 추돌을 만들어냈기에 멈춰 있는 차량은 많았다.

건우는 차량에 갇혀 있는 이들을 꺼내고 응급조치를 해주었다. 머리를 다친 여인이 보였다. 뒷좌석을 보니 아이가 웅크리고 있었다.

"도, 도와주세요! 모, 몸이……!"

차량은 전면부가 찌그러져 있었는데, 이대로 놔두었다가는 위험했다. 타오르는 파파라치의 차량이 어느새 다른 차량에게 불을 옮겨붙이고 있었다.

보통 이런 사고에서 함부로 꺼내게 되면 더 큰 부상을 초래할 수 있었지만 건우는 망설임이 없었다. 부상 정도를 정확하게 파악할 수 있었다.

"제, 제, 아, 아들부터 제발……."

"걱정 마세요."

건우는 주먹으로 뒷문의 유리창을 박살 내고 차의 문을 열었다. 아이를 조심스럽게 꺼낸 다음에 몰려온 시민들에게 건네주었다. 그리고 바로 여인에게 다가갔다.

"눈을 감고 계세요."

부들부들 떨리는 얼굴로 간신히 눈을 감자 건우는 몸을 압박하고 있는 부분을 우그러뜨리며 들어 올렸다. 그리고 천천히 차에서 여인을 꺼냈다.

부상은 사고에 비하면 가벼운 골절 정도였다. 시민에 품에 안겨 있던 아이가 정신을 차리고 울기 시작하자 여인이 눈물을 흘리면서 아이를 안았다.

"고마워요. 정말 고마워요."

여인이 잘 움직이지 않는 손으로 건우를 붙잡고 그렇게 말했다. 건우는 그녀를 위로해 주고는 숨을 돌렸다.

건우도 갑작스럽게 닥친 상황이라 정신이 없었다. 거의 반쯤은 본능으로 움직인 셈이었다.

주머니에 있는 스마트폰을 꺼내보았다. 파편이 액정에 박혀 있어 켜지지 않았다.

잠시 기다리자 사이렌 소리가 울리며 구급차가 도착했다. 의료 헬기도 떴는데 덕분에 주변이 시끄러웠다. 건우는 매니저가 무사히 구급차에 오르는 것을 본 후에야 안심할 수 있었다.

건우 역시 구급차에 올라야 했다.

"하……"

인상이 절로 구겨졌다.

어쩐지 요즘 모든 일이 너무 잘 풀렸었다.

오늘의 운수는 결코 좋지 않았다.

                    *   *   *

아침에 일어난 연속 추돌 사고는 결코 가벼운 사고는 아니었다. 오히려 규모만 놓고 보면 심각했다. 반파된 차량만 3대였고, 전소한 차량이 2대, 그리고 그밖의 피해를 입은 차량이 4대였다.

사고 현장을 보면 참혹하기 그지없는 시체들을 상상하게 될 정도였다. 그러나 많은 사람이 다쳤지만 기적적으로 죽은 사람은 없었다. 중상을 입은 사람은 사고를 일으킨 당사자인 파파라치뿐이었다.

다른 이들은 건우가 빠르게 구조하고 응급조치를 해준 덕분에 큰 부상으로 이어지지 않았다. 사고 규모에 비하면 이 정도로 끝난 것이 정말 행운이라고 한다.

여기까지가 건우가 들은 소식이었다.

'다행이네.'

응급실에서 치료를 받은 건우는 안도의 한숨을 내쉬었다.

'무공의 효능이 엄청나군.'

건우가 입은 상처는 크지는 않았지만 그래도 무시할 수준도 아니었다. 그러나 구급차에 실려 병원으로 가는 도중에 상처가 상당 부분 아물어서 소독을 받는 선에서 그쳤다. 아마 내일이 되면 상처가 완전히 아물 것 같았다.

놀라울 정도의 회복력이었다.

무림 역사상 이런 무공은 거의 없었다. 새삼 자신이 익히고 있는 무공이 기이하다고 느꼈다. 지금도 이럴 진데, 화경의 경지에 이르게 되면 재생 수준에 도달하지 않을까 싶었다. 본래 경지가 높은 무림인들은 상처가 빠르게 아물지만 이건 정도를 벗어났다.

지금도 거의 재생 수준이었기 때문이다. 상처의 회복 상태를 보아 흉터도 남지 않을 것 같았다. 무인에게 있어서 흉터가 있는 것은 훈장 같은 개념이기도 했지만, 건우는 배우이기도 했고 현대사회에서는 아무래도 없는 것이 좋았다.

건우는 주위를 둘러보았다.

병원은 시끌벅적했다. 열 명이 넘는 사람들이 단체로 실려 왔으니 그럴 만했다. 거의 모든 사람들이 건우를 알아봤는데, 그래서 그런지 굉장히 친절했다.

'정신이 없어 연락을 못 했네.'

사고 때문에 세트장에 가지 못했다.

이미 시간은 촬영 시간을 훨씬 넘어서고 있었다. 오늘 찍을 분량이 꽤 많다는 것이 떠오르자 한숨이 절로 나왔다.

휴대폰은 박살 나서 못 쓰게 되었다. 번호는 알고 있었으니 병원에 있는 전화를 이용하는 것이 좋을 것 같았다. 평소에 연락 업무를 해주던 매니저도 정신을 잃고 누워 있으니 도움을 기대하기는 어려웠다.

'아내가 임신했다고 하니… 정말 다행이지.'

매니저는 지난주에 그 소식을 전해왔다. 건우도 그 소식을 듣고 상당히 기뻤다. 매니저는 고생을 많이 한 친구였다. 이제 막 행복이 시작되려는데 그렇게 가버린다면 자신이 죄책감에서 헤어 나올 수 없었을 것이다.

따지고 보면 건우에게 사고의 책임이 있는 건 아니었다. 하지만 마음 한편이 무겁기는 했다. 사고를 낸 것은 빌어먹을 파파라치였지만, 자신을 쫓다가 그렇게 된 것이었으니 말이다.

'무공을 익혀서 다행이야.'

건우는 자신이 그를 구할 수 있는 능력이 있어서 정말 다행이라 생각했다. 자신을 위해 능력을 사용할 때도 그런 느낌을 받았지만 오늘은 더욱 큰 보람으로 다가왔다.

건우는 병원의 전화를 이용하기 위해 응급실에서 나와 복도를 걸었다. 주위의 시선이 모이는 것이 느껴졌다. 연락을 받고 온 가족들은 물론 간호사, 그리고 다른 환자들까지 모두 건우를 바라보고 있었다.

'알아볼 만하지.'

어쨌든 자신은 유명인이니 저렇게 바라볼 만했다. 그러나 조금 반응이 이상했다.

"오, 하느님 맙소사!"

"진짜?"

건우를 보며 깜짝 놀라는 사람들, 그리고 부르르 몸을 떠는 사람들도 있었다.

대부분 이상한 반응이었다. 경악과 놀람 그리고 공포까지 보였다. 보통 건우를 봤을 때와는 반응이 완전히 달랐다. 건우는 그걸 이상하게 생각했지만 물어보지는 않았다.

지금은 한시라도 빨리 촬영장에 연락을 해야겠다는 생각밖에 들지 않았다.

복도를 지나 환자들이 쉴 수 있는 공간이 나왔다. 병원은 상당히 커다란 규모라 여러 편의 시설이 마련되어 있었다. 건우는 수화기를 들다가 무심코 환자들이 보고 있는 TV에 시선을 옮겼다.

뉴스가 나오고 있었다. 신경을 끄고 번호를 누르려다가 건우의 시선이 TV에 고정되었다.

'무슨?'

앵커가 침통한 표정으로 소식을 전했다. 앵커의 오른쪽에는 건우의 사진이 떠 있었다. 그리고 밑에 자막으로 충격적인 소식이 전해져 왔다.

[미국인이 사랑한 스타, 이건우 사망.]

건우는 믿을 수 없는 소식에 눈을 깜빡였다.

'내가 죽었다고?'

뉴스에서는 자신의 죽음을 보도하고 있었다. 이렇게 멀쩡히 두 발로 서 있음에도 말이다. 자연스럽게 헛웃음이 나왔다. 건우는 수화기를 내려놓고 뉴스를 지켜보았다. 화면이 바뀌며 사고 현장을 비추었다.

기자가 사고 현장에 나가 있었는데, 그 역시 대단히 슬픈 표정을 짓고 있었다.

[아직 수습되지 않은 사고 현장입니다. 이건우 씨가 탄 차량은 보시다시피 이렇게 형체를 알아볼 수 없을 정도로 구겨졌습니다. 게다가 불이 옮겨 붙어…….]

건우가 탔던 차는 완전히 박살 나 있었다. 거기에 불까지 옮겨붙어 완전히 새까맣게 변해 있었다. 저 모습을 본다면 누가 생각하더라도 그 안에 탔던 사람이 죽었다고 생각할 수밖에 없었다. 처음 부딪혔을 때도 처참하게 박살 났었는데, 건우의 능력이 없었다면 그 안에서 탈출하지 못해 꼼짝없이 죽었을 것이다.

냉정하게 생각해 보면 누가 사고가 난 도중에 빠져나올 수 있다고 상상할 수 있을까?

화면은 다시 아나운서를 비추었다.

[이 충격적인 소식을 접한 많은 이들이 애도를 전하고 있습니다. 아직 공식 입장도, 정확한 내용이 나오지는 않았으나, SNS는 현재 애도를 전하는 메시지로 가득 차오르고 있습니다.]

어디서 와전되었는지는 모르지만 자신이 죽었다는 소문이 확실하게 퍼진 것 같았다.

확인하지도 않고 그것을 뉴스로 보낸 것은 명백한 오보가 맞았다. 멀쩡히 살아 있는 사람을 죽여놓았으니 건우로서는 정말 황당할 수밖에 없었다. 뭐라고 반론을 할 마음도 안 생길 정도로 어이가 없었다.

건우는 왜 응급실에서 나올 때 사람들이 자신을 보며 그런 반응을 보였었는지 이해가 되었다.

명백하게 귀신을 본 반응이었다.

"저런!"

"어떻게⋯⋯."

"정말 좋아했는데⋯ 여기에 실려왔다고 하던데요?"

"그래? 아이구, 한창 예쁠 때 죽었군그래."

환자들도 슬퍼하는 분위기였다. 건우를 위해 기도를 하는 환자도 보였다. 건우는 황당하면서도 그 모습을 보니 노래를 부르고 연기를 하길 잘했다는 생각이 들었다. 비록 사실이 아니긴 해도, 자신이 죽었다니 애도해 주는 이들이 많았기 때문이다.

전생에서 자신의 죽음은 그 누구도 애도해 주지 않았을 것이다. 그저 소리 소문 없이 묻혀 버린, 무림에 흔히 있는 사건 중 하나에 불과했을 테니 말이다.

건우가 TV를 더 자세히 보기 위해 가까이 다가갔다.

특보로 계속해서 전해지는 소식을 들으니 어떻게 반응해야 할지 고민이 되었다.

"어맛!"

"귀, 귀신?!"

"어억!"

TV를 보다가 건우를 발견한 사람들이 깜짝 놀라며 까무러쳤다. TV에 대문짝만 하게 죽었다고 나온 사람이 옆에 서 있으니, 그것도 시체가 실려온 병원에서 나타났으니 놀랄 수밖에 없었다.

얼떨결에 몰래카메라처럼 되어버렸다.

다시 전화를 걸려고 수화기를 들었을 때 건우가 잘 아는 인물이 달려왔다. 땀을 뻘뻘 흘리며 거친 숨을 내쉬고 있었는데, 꽤 먼 거리를 뛰어온 것 같았다. 건우의 에이전트인 마이클이었다.

마이클은 다급하게 주위를 두리번거리다가 복도에 서 있는 건우를 보더니 그대로 바닥에 주저앉았다. 안도의 한숨을 내쉬고 있었다. 정말 다행이라고 생각하는 그 표정이 얼굴뿐만 아니라 몸 전체에서 나타났다.

건우는 마이클에게 다가갔다.

"마이클… 이승에서의 한 때문에 성불하지 못했습니다."

"허, 허억!"

"하하, 농담입니다."

"자, 장난치지 마세요. 하아."

건우가 웃자 한참 동안이나 건우를 바라보던 마이클이 다시 안도의 한숨을 내쉬었다.

"제가 진짜 오늘 놀라 죽을 뻔했습니다. 사고 소식… 그리고 건우 씨가 돌아가셨다는 뉴스가 들려와서…….'

"저도 제가 죽은 걸 알고 놀랐습니다."

"아… 부디 그런 표현은 하지 마세요. 심장이 견디지 못합니다. 후우… 아무튼 병원 관계자들로부터 건우 씨가 무사하다는 소식을 들었습니다. 어느 쪽을 믿어야 할지 헷갈렸는데… 정말 다행입니다. 도대체 어떻게 된 겁니까?"

건우는 마이클에게 사고가 일어나게 된 경위에 대해 이야기해 줬다. 자신이 무사한 것은 그저 운이 좋았다고 둘러댈 뿐이었다. 지금에 와서 떠올려 보면 영화의 장면보다 더 박진감 넘쳤던 탈출이었다. 그걸 믿을 리도 없고, 알리고 싶지도 않았다.

사고 경위를 들은 마이클은 얼굴은 분노로 차올랐다. 파파라치 때문에 그가 담당했던 스타들도 많은 피해를 입었던 적이 있었기 때문이다. 이런 물리적인 피해를 준 일도 결코 드문 일이 아니었다. 그러나 이 정도의 사고를 일으킨 것은 처음이었다.

"저희가 대응할 테니 푹 쉬십시오."

"아니요. 상처도 없어서 촬영장에… 아! 연락을 하려다가 못했네요. 휴대폰이 박살 나서요."

"네, 제가 하겠습니다. 음?"

낯선 여인이 다급한 표정으로 뛰어오는 것이 보였다. 건우는 누군지 알 수 있었다. 매니저가 사진으로 잠깐 보여주었던 그의 아내였다.

그녀의 얼굴은 눈물범벅이었다.

"잠깐 제가 진정시키고 오겠습니다."

"네."

마이클은 그녀와 친분이 있는 사이였다. 매니저의 상태는 건우가 마이클에게 경위를 설명할 때 말해줘서 그도 알고 있었다.

곧 일반 병동으로 옮겨질 것이고 입원을 하기는 해야 했지만 별다른 이상이 없다면 금방 퇴원할 수 있을 것이다.

마이클이 우는 그녀를 달래주었다. 그녀는 남편이 무사하다는 소식을 듣더니 긴장이 풀렸는지 눈물을 더 쏟아내고 있었다. 건우는 그 모습을 보며 내심 다행이라고 생각했다.

또 헐레벌떡 달려오는 사람들이 보였다. 크리스틴 잭슨 감독과 에란, 제시카 그리고 E팀이었다.

크리스틴 잭슨 감독은 건우의 앞으로 달려와 건우의 몸을 이리저리 만져보았다.

"감독님? 촬영은 어떻게……."

"자네 살아 있는 거 맞지?"

"네, 물론이죠."

지금 막 정정 보도가 나오고 있었지만, 건우가 사망했다는 소식이 이미 만천하에 전해진 이후였다.

에란은 눈물을 글썽였고 제시카는 아예 펑펑 울었다. E팀의 배우들도 간신히 안심하며 눈물을 글썽였다.

건우는 촬영장에 있어야 할 크리스틴 잭슨 감독이 직접 올 줄은 몰랐다. 냉정하게 생각해 보면 촬영이 중단될 만했다. 건우는 주연급 배우였고 레이먼 진스라는 선례가 있었다. 그 역시 요정왕 배역을 맡았는데 교통사고로 그렇게 된 거였으니 말이다. 건우가 만약 큰 사고를 당했다면 요정왕의 저주라는 말이 나올 법한 상황이었다.

"죄송해요. 저 때문에 촬영이……."

"아니야. 촬영이 미뤄지는 건 괜찮아. 무엇보다 네가 무사해서 다행이야. 네가 죽었다고 들었을 때는 정말 난리도 아니었어."

건우의 말에 크리스틴 잭슨 감독이 대답했다.

에란이 건우를 끌어안았다. 그리고 제시카도 다가와 건우를 안았고 E팀의 모두가 끌어안았다. 한마디라도 했다가는 모두 눈물이 폭발할 분위기였다.

'좀 덥네.'

크리스틴 잭슨 감독도 분위기에 동화되어서 끼어들었다. 매니저의 아내를 위로하고 온 마이클이 눈을 깜빡이면 서 그 광경을 바라보았다.

"아, 음… 저도 해야 합니까?"

마이클이 웃으며 두 팔을 벌리자 건우는 고개를 설레 내저었다. 사람의 온기는 마음까지 따듯하게 만들었다.

*　　　　*　　　　*

갑작스러운 건우의 사망 소식은 미국은 물론 전 세계를 강타했다. 한국 역시 마찬가지였다. 그 소식이 보도되자마자 주요 신문의 메인을 장식했고 바로 뉴스까지 떴다. 오보라고 정정된 것은 그로부터 2시간이나 지난 후였다.

처음에는 실수에서 나온 오보였지만 그게 퍼지고 퍼지다 보니 걷잡을 수 없게 되었다. 정정 보도를 했지만 이미 퍼진 소식은 주워 담을 수 없었다.

건우의 사망 소식은 엄청난 충격을 주었다. 주요 포털 사이트에 올라오는 것은 물론이고 실시간 검색어는 모두 이건우 사망, 이건우 교통사고, 이건우 사고 등으로 도배가 되었다.

<이건우 촬영장 이동 중 교통사고로 인해 사망>
<미국에 퍼지는 애도의 물결>
<이건우 차량 전소, 탈출하지 못한 듯>

여러 기사들이 쏟아져 나왔다. 여러 대형 커뮤니티는 패닉 상태에 빠졌고 YS에 전화 세례가 쏟아졌다.

YS도 충격에 빠진 것은 마찬가지였다. 그러다가 건우에게 직접 연락이 오자 건우가 무사하다는 공식 입장을 밝혔다. 석준이 직접 기자회견까지 하며 발표했는데, 그때 석준의 얼굴은 충격이 가시지 않아 새하얗게 질려 있었다.

충격에 빠졌던 많은 팬들이 어디를 믿어야 할지 긴가민가했지만 미국에서도 정식 보도가 나오니 겨우 안심하며 진정이 된 분위기였다.

최초의 방송을 보도한 방송사에서는 정정 보도와 함께 사과 방송을 발표했다. 에이전시에서는 방송사를 상대로 고소를 진행하거나 하지는 않았다.

사고 경위가 파파라치에게 있음이 발표되자 미국 언론은 물론이고 배우, 가수, 그리고 연예계에 종사하는 많은 이들이 성명을 냈다. 파파라치의 과도한 취재를 질타하고 그동안 자유라는 이름으로 가려졌던 많은 피해들이 재조명받기 시작했다.

그렇게 건우의 사고는 일단락되는 듯싶었다.

에란 로비는 건우의 팬이었다. 팬이었다는 것은 과거형이었고 지금은 건우의 열렬한 추종자라고 불러야 했다. 건우에게 해가 될까 봐 티는 안 내고 있지만 다른 E팀의 멤버만큼이나 열성적인 팬심을 자랑했다.

그녀의 방에는 어렵게 구한 건우의 대형 브로마이드와 사진들이 붙어 있었고 건우와 관련된 여러 굿즈를 전시해 놓은 진열장이 있었다. 그리고 침대 위에는 건우의 모습이 들어간 대형 베개가 있었다.

'대단해.'

팬인 것을 제쳐두더라도, 그녀가 보기에 건우는 대단했다. 그런 사고가 났음에도 아무렇지도 않은 듯 다음 날부터 바로 촬영이 임했다. 부상을 입었다고 들었는데 전혀 그런 기색 없이, 마치 아무런 일도 없었다는 듯 평소와 똑같이 행동할 뿐이었다. 스태프들과도 급속도로 친해져서 스태프들이 건우를 최우선으로 생각할 정도였다.

연기력은 두말할 것도 없었다. 연기를 잘한다는 개념을 초월하여 아예 그 인물로 빙의한 것 같은 모습을 보여주었다. 게다가 그와 같이 연기를 하면 자신도 자신의 능력 이상의 연기를 펼칠 수 있게 되는 기분이었다.

오늘 그와 함께했던 연기가 아직도 영향을 미치고 있었다. 떠나는 딸을 바라보는 요정왕은 대단히 고독해 보여 순간적으로 상황을 잊고 위로를 해주고 싶은 마음을 간신히 억눌렀다. E팀의 배우들 중에서는 울먹거리는 배우도 있을 정도였다.

에란 로비는 힐끔하고 건우를 바라보았다. 크리스틴 잭슨 감독과 이야기를 나누고 있는 건우는, 요정왕의 분장을 완벽하게 마친 모습으로 이야기를 하고 있어서 그런지 어떤 위엄 같은 것들이 솟아나고 있는 것 같아 보였다.

말하면서도 그가 무의식적으로 하는 제스처는 우아했고 표정 역시 아름다웠다. 매일 아침부터 저녁까지 보지만 도저히 질리지가 않았다. 옆을 바라보니 요즘 부쩍 친해진 제시카가 아예 넋을 잃고 바라보고 있었다.

"오늘도 고생 많으셨습니다! 조만간 뉴질랜드 촬영이 시작됩니다. 개인적으로는 기대가 정말 많이 됩니다. 모두 잘 준비하셔서 일정에 차질이 없었으면 합니다. 자! 내일 뵙겠습니다!"

크리스틴 잭슨 감독은 오늘 촬영의 끝을 알렸다. 그리고 건우와 다시 모니터를 보면서 이야기를 나누었다. 낡은 로브를 입고 하얀 턱수염을 길게 붙이고 있는 이안도 웃으면서 이야기를 건네고 있었다.

'둘의 연기가 장난 아니었지.'

찌릿찌릿한 감각에 휩싸였었다. 그 장면을 떠올리니 소름이 끼쳤다. 공을 들여 만들어진 엘븐스 성안에서의 날 선 설전은 원작보다 훨씬 명장면이라고 생각이 되었다.

이안이 맡은 현자 돌룬과 요정왕 헬멘스의 기세 싸움은 손에 땀을 쥐게 했다. CG가 입혀지지 않았음에도 실제로 마법이 나가는 듯한 착각이 일었다. 이안도 상당히 만족했는지, 건우와 많은 이야기를 나누고 있었다.

분장을 지우고 세트장 밖으로 나왔다.

'조금 늦으려나?'

에란은 건우를 기다렸다. 인사를 하지 않으면 하루가 마무리되지 않는 느낌이었다. 그건 트레이닝을 받을 때부터 새겨진 습관과도 같은 것이었다.

'영화가 끝나면……'

건우는 1부를 끝으로 하차하게 된다. 그걸 생각하니 마음이 답답해졌다.

뒤를 힐끔 보니 E팀 배우들이 보였다. 거기에 E팀 배우들과 떨어져서 핸드폰을 만지작거리고 있는 스테판이 보였다. 이안이 밖으로 나오다가 그들을 보고는 고개를 설레 저었다.

"허히, 자네들도 참 꾸준하군. 음, 힘내시게."

그러다가 이해한다는 듯 고개를 끄덕이고는 세트장 밖으로 나갔다. 이제는 다른 배우들, 스태프들도 그러려니 하고 있었다. 일상과도 같은 광경이라 신기하게 보지 않았다.

"꺄아악!"

에란 로비는 깜짝 놀라서 옆을 바라보았다. 맡겨놓았던 휴대폰을 찾자마자 무언가를 봤는지 제시카가 비명을 질렀다. 그녀는 대단히 놀랐는지 휴대폰을 떨어뜨릴 뻔했다. 깜짝 놀란 에란 로비는 가슴을 쓸어내리며 제시카를 바라보았다.

"제시, 무슨 일이야?"

"이, 이것 봐봐!"

제시카가 에란 로비에게 다가와 휴대폰을 보여주었다.

'뉴스?'

이어폰 한쪽을 빼서 에란 로비의 귀에 꽂아주었다. 미튜브에 편집되어서 올라온 뉴스였다. 방송사 뉴스는 아니었고 인터넷을 기반으로 하는 뉴스 채널이었다. 주요 방송사에서 잘 다루지 않는 일들을 다뤄 꽤 유명한 편이었다. 규제에서 자유로운 편이라 수위가 있는 영상도 심심치 않게 올라와 구독자 숫자가 많았다. 요즘에는 다른 언어의 자막도 지원해서 세계적인 뉴스 채널로 변모해 가는 중이었다.

동영상은 조회 수가 장난이 아니었다. 제시카를 바라보자
제시카는 그냥 말하지 말고 보라며 흥분한 손짓으로 화면을
가리켰다.

[지금 SNS에서는 배우 이건우 씨의 사고 현장이 화제입니
다. 이 처참한 사고 현장을 만든 당시 상황은 어떠했을까요?
저희가 차량 블랙박스와 휴대폰 영상을 입수했습니다. 함께
보시지요!]

아나운서의 말에 끝나자 화면이 바뀌었다. 처음에는 블랙박
스 영상으로 시작되었다. 건우의 차가 보였다. 에란 로비가 바
로 알아볼 정도로 화질이 좋았다.

[꺄아아악!]

리얼한 비명 소리가 들리더니 앞에 보이는 건우의 차에 바
짝 붙어 달리던 차가 충돌했다.

"꺄악!"

에란 로비도 그걸 보고 비명을 질렀다. 건우의 차가 그대로
옆으로 튕겨져 나가더니 가드레일을 들이박고 뒤집혀졌다. 그
상태로 쭈욱 밀려나다가 간신히 멈춰 섰다. 건우의 차량과 부
딪힌 차량은 빙그르르 돌다가 다른 차들과 부딪히더니 연기
가 나기 시작했다.

건우의 차의 앞부분은 처참하게 찌그러져 있었다. 딱 봐도

건우와 그의 매니저가 엄청나게 크게 다쳤을 것 같은 모습이었다.

에란 로비의 심장이 마구 두근기렸다. 가슴이 아플 지경이었다. 그녀는 침을 꿀꺽 삼켰다. 블랙박스의 화면은 아비규환이 된 사고 현장을 여실히 보여주었다.

건우가 탄 차량이 보였다. 문이 튕겨져 나오더니, 건우가 그의 매니저를 끌어안고 밖으로 나왔다. 밖으로 나오자마자 트럭이 건우의 차를 박아버렸다. 차가 완전히 걸레 조각처럼 변해 버렸는데, 조금만 늦었어도 목숨을 잃었을 것이 분명했다.

에란 로비는 창백하게 질려서 아무 말도 하지 못했다.

화면이 바뀌었다. 이번에는 핸드폰으로 찍은 화면이었는데, 접촉 사고가 난 사람이 차량에서 내려 사고 현장을 직접 찍은 것이었다.

건우를 알아보고 건우의 모습을 찍었다. 건우는 매니저를 안전한 곳에 내려놓고는 바로 불길에 휩싸이기 시작한 차량으로 다가갔다. 주변의 사람들은 다가갈 엄두조차 못 내고 있었다.

[맙소사!]

[저러다 죽겠어! 어떡해!]

주변에서 비명 섞인 목소리가 터져 나왔다. 그 차량의 운전자가 산 채로 불타 버릴 것 같았다. 건우가 망설임 없이 다가

가는 것을 보며 말리는 사람들도 있었다. 차가 언제 폭발할지 몰라 가까이 다가갔다가는 건우의 목숨도 위험할 수 있었기 때문이다. 게다가 이미 늦었다는 듯 불길은 점점 거세지고 있었다.

건우가 잘 열리지 않는 문을 뜯어버리고 그대로 운전석에 몸을 넣었다. 불길이 운전석 안까지 번지고 있지만 건우는 끝까지 버티다가 결국 남자를 구해냈다.

[와아!]

[구했어!]

환호 소리에도 아랑곳하지 않은 건우는 다른 사고 차량에 있던 아이와 여인까지 도와주었다. 그제야 사람들이 몰려와 사고에 휘말린 사람들을 구해주기 시작했다. 영상은 꽤 길었는데, 주요 장면만 편집되어 있었다.

다시 화면이 아나운서를 비추었다.

[이 영상은 저희 월드클래스 뉴스 채널이 단독 입수한 영상입니다. 이건우 씨를 비롯한 많은 분들이 무사하셔서 다행입니다. 저희 월드 클래스 뉴스는 위험한 상황에서도 다른 사람들을 구한 이건우 씨의 용기 있는 행동에 찬사를 보냅니다. 지금까지 단독 특종으로 보내 드렸습니다.]

그렇게 영상이 끝났다. 에란 로비는 한동안 멍하니 제시카의 스마트폰을 바라보았다. 뒤를 돌아보니 다른 배우들도 몰려와 보고 있었다. 모두 에란 로비와 똑같은 표정이었다.

에란 로비의 동공이 흔들렸다.

"자, 작은 사고가 아니었잖아?"

"그러니까 사망설이 나왔지."

"제시, 왜 그렇게 침착한 거야?"

"하나도 안 침착하거든. 너무 놀라서 굳어버린 거야."

제시카의 손도 조금씩 떨렸다. 늘 여유로운 제시카였지만 이번에는 에란과 똑같이 창백하게 질려 있었다. 에란은 심호흡을 하며 자신의 스마트폰을 켰다.

그녀가 자주 들어가는 사이트는 물론, SNS에도 건우의 이야기로 뜨거웠다. 가히 폭발적인 반응이었다.

제인 윌리암스

그가 내 친구라는 것이 자랑스러워.

그는 마땅히 영웅이라 불려야 해.

[동영상 링크]

좋아요 27,455

댓글 15,543

sano_tang: 저 미친 박력 좀 봐.

yaoning: 누가 저렇게 할 수 있겠어? 미국 정부는 뭐 하는 거야? 훈장을 주지 않고!

  ora2132: 겁나 쿨하다. 영화를 보는 것 같아.

  judy: 오! 맙소사! 내가 뭘 본 거지?

  sola2322: 그는 신이야!

SNS에서는 제인 윌리엄스뿐만 아니라 다른 가수들도 건우의 영웅적인 행동을 찬사했다. 제드먼도 은근슬쩍 좋아요 버튼은 누른 것이 포착되었다.

LA 경찰 위원회와 소방 위원회에서 용감한 시민상을 공동으로 추진하고 있다는 기사가 보였다. 건우는 미국 입장에서 외국인이기 때문에 현실성 없는 이야기였지만 다른 형태로 상을 수여해야 한다는 여론이 압도적이었다.

미국의 정치인들까지 SNS에 건우와 관련된 멘트를 날렸다. 이번 사건을 정치적으로 이용하는 것은 눈꼴 시렸지만 어쨌든 건우를 칭찬하고 있으니 기분이 나쁘지는 않았다.

에란 로비가 그 기사를 보며 고개를 끄덕이고 있을 때 건우가 모습을 드러냈다. 에란 로비, 제시카, E팀의 배우들, 그리고 스테판까지 일제히 건우를 바라보았다.

"어우! 깜짝이야!"

건우 옆에 있던 다니엘 오스먼트가 움찔하며 그렇게 말했다. 건우는 다니엘 오스먼트와 이야기를 나누고 있었는데, 다니엘 오스먼트는 갑자기 시선이 몰리자 깜짝 놀라며 주춤거렸다.

건우는 에란 로비와 제시카가 울먹거리자 고개를 갸웃했다.

"건우……."

"에란? 무슨 일이야?"

건우가 영문을 몰라 다니엘 오스먼트를 바라보았다.

"크흠, 엘프의 일은 엘프가 처리하게."

그는 E팀을 부담스러워하는 배우 중 하나였다. 특히 에란과 제시카에게는 한없이 약했다.

다니엘 오스먼트는 헛기침을 하며 세트장을 빠져나갔다. 건우도 그와 같이 빠져나가 얼른 집에 가고 싶었지만 유난히 눈을 반짝이고 있는 E팀의 배우들을 외면할 수는 없었다. 그들 중에 오늘 모든 촬영 분량을 마치고 더 이상 촬영장에 나오지 않는 이도 있었기 때문에 더더욱 그러했다.

스테판이 눈치를 보다가 다가왔다.

"건우 씨! 대단합니다! 대단해요. 어떻게 그런 상황에서 그런 용감한 행동을! 아! 이럴 게 아니라 카페에 가서 이야기를 할까요? 라인 브라더스 안에 있는 곳이라 외부인 출입이 없어서… 윽?!"

제시카가 스테판을 옆으로 밀어냈다. 에란과 E팀 배우들이 아무 감정이 없는 눈빛으로 스테판을 바라보자 스테판은 아쉬운 표정으로 물러갔다. 요즘 입의 봉인이 풀린 스테판은 크리스틴 잭슨 감독은 물론, 스태프들도 질색하며 피하고 있었다. 악의가 없어서 거절하기가 힘들다는 점이 컸다. 꽤 성실하고 진지한 태도로 영화 촬영에 임하고 있어 미워할 수도 없었다.

그나마 건우가 조금 들어주는 편이니 스테판은 건우를 진정한 친구로 여기고 있었다.

에란이 건우를 올려다보았다.

"진짜 무사해서 다행이야."

"가벼운 타박상 정도였어. 누가 보면 죽을 뻔한 줄 알겠다."

건우는 마치 별것도 아니라는 듯 그렇게 말했다. 제시카 역시 그를 바라보았다.

"그 파파라치… 사과도 없고 너무하네요."

"크게 다쳤으니 정신이 없겠죠. 음, 너무 신경 쓰지 마세요."

건우는 상쾌한 미소를 그렸다.

제시카는 새삼 그의 그릇에 감탄했다. 건우는 E팀 배우를 보다가 살짝 웃고는 입을 떼었다.

"그럼 우리끼리라도 가볍게 송별회를 하지요. 맛있는 건 먹지 못하겠지만……."

건우가 그렇게 말하자 E팀 배우 모두가 일제히 고개를 끄덕였다. E팀 배우는 이제는 건우가 무슨 말을 하든 믿고 따를 기세였다.

　　　　＊　　　　　　＊　　　　　　＊

　교통사고 이후로 빠르게 시간이 흘렀다.

　파파라치는 여론의 뭇매를 맞았고 건우의 이미지는 날이 갈수록 좋아졌다. 동양에서 건너온 가수에서 빌보드 역사를 새로 쓴 가수, 그리고 지금은 영웅으로 불렸다. 건우는 LA시와 시민 단체로부터 감사패를 받았고 그 모습이 크게 중계가 되기까지 했다.

　미국인들은 영웅을 좋아했는데, 건우가 그 조건에 딱 부합되었다. 마치 코믹스에나 나올 법한 박력 터지는 구조 장면은 많은 화제가 되어 실제로 건우를 모티브로 한 코믹스가 인터넷에 공개되기도 했다. 짧은 단편이었지만 인기가 엄청나 DN 코믹스의 영웅 계열에 정식으로 편입될지도 모른다는 이야기가 흘러나오고 있었다.

　건우는 영상이 공개될 줄은 알았지만 그렇게 적나라하게 모두 찍혔을 줄은 예상하지 못했다. 그렇지만 힘을 쓴 것에 전혀 후회가 없었다. 어쨌든 그로 인해 이미지가 최고라고 말해도 무리가 없을 정도로 좋아졌으니 이득이라고 봐야 했다.

　─정말 놀랐다니까! 왜 이렇게 전화를 안 받았어!

　"핸드폰이 박살 나서… 그냥 지내고 있었어."

진희의 전화였다.

한동안 건우는 핸드폰 없이 생활했다. 이번에 있었던 교통 사고로 인해 무공의 덕을 보기는 했지만 한편으로는 부족한 점도 느낀 건우였다. 내공이 조금만 더 부족했더라면 부상은 둘째치더라도 매니저는 죽었을 것이다. 사고는 건우에게 있어서 굉장히 큰 자극이 되었다. 건우는 촬영 시간 외의 모든 시간을 수련에 투자했다.

깨달음은 더욱 깊어져 그동안 미진했던 내공 축척도 가속도가 붙어갔다. 커다란 벽을 하나 넘은 느낌이었다.

건우가 새로 핸드폰을 구입하자마자 많은 이들에게 전화가 왔다. 제인 윌리엄스는 스케줄만 아니었다면 아예 LA로 날아올 기세였다. 그리고 리온은 전화를 받자마자 대성통곡을 하며 건우를 곤란하게 만들었다.

그리고 진희에게 전화가 온 것이었다.

—한국에 난리 난 거 알지?

"응, 그렇더라."

한국도 당연히 커뮤니티가 건우의 이야기로 폭발하고 있었다. 수련 때문에 외부와의 접촉을 끊었던 건우가 오랜만에 들어가 봤었는데, 그도 상당히 놀랐다.

미국에서의 반응을 번역한 글들이 여러 커뮤니티에 올라왔고, 건우의 활약상이 담긴 짤방이 돌아다녔다.

거의 찬양 분위기라 조금 무서워진 건우였다. 건우도 안티가 있었지만 이제는 거의 없었다. 안티가 나타나면 뭇매를 맞듯이 사람들에게 댓글로 공격받고 이내 사라졌기 때문이다.

하나의 종교가 되었다고 무방할 정도로 건우에 대한 팬들의 신뢰는 날로 깊어져만 갔다.

―촬영은 잘되어가?

"LA에서 찍을 건 다 찍었고 이제 뉴질랜드로 가."

―오! 대박! 그럼 뉴질랜드 촬영 마치면 한국에 오는 거야?

"바로는 못 가. 영화와 관련된 행사에 참여해야 하거든."

건우의 대답에 진희의 목소리가 시무룩해졌다.

진희도 드라마에 들어갔다고 한다. 시청률도 꽤 잘나오는데 남자 주인공을 건우가 맡았으면 딱이었겠다는 소리가 심심치 않게 들려오고 있었다. 한국에 없어도 여러모로 영향을 끼치고 있는 건우였다.

진희와 통화를 마친 건우는 다시 수련을 하기 시작했다. 차고에서 수련을 했는데, 내력의 영향으로 여기저기 망가져 있었다.

건우는 손을 뻗으며 내력을 뿜어냈다. 거의 모든 내력이 뿜어져 나오자 기의 형태가 뚜렷해지고 점차 형태를 잡아가기 시작했다. 그러나 어느 순간 흩어져 버렸다.

'아직 강기는 무리구나.'

무리를 한다면 전개할 수 있겠지만 전 내공은 물론 선천지기까지 소모해야 했고, 주화입마에 빠질 확률이 있었다. 그래도 최근에 내력이 빠르게 증가하는 것이 위안이었다.

건우는 주먹을 쥐면서 기를 응축시켰다. 밖에서 가지고 온 두꺼운 바위를 바라보다가 그대로 주먹을 내질렀다.

퍼서석!

바위가 단번에 박살 났고 거기에서 더 나아가 바닥에 주먹 자국이 새겨졌다. 소모한 내력이 비해서 꽤 대단한 위력이었다.

'이제 일류고수라고 불러도 되겠어.'

검기상인의 경지를 완벽하게 이루었다. 덕분에 검기나 권기를 뿜어내는 것에는 문제가 없었다. 건우의 기는 특이하게도 그날의 감정 상태에 따라 색이 달라졌는데, 평소에는 그저 아지랑이가 피어오르는 것처럼 보일 뿐이었다. 과거에 짙은 푸른색인 것과는 완전히 달랐다.

아무래도 지금 익히고 있는 무공의 영향이 큰 것 같았다. 뉴질랜드에 가기 전에 조금 더 내공 수위를 올리고 기의 활용 범위를 확장시키는 것이 목표였다.

'음, 비행기에서 떨어진다면 살아남을 수 있을까?'

건우는 피식 웃었다. 그건 화경의 경지라고 하여도 무리일 것이다. 내력이 엄청나게 많아져 허공답보를 오랜 시간 펼칠 수 있다면 가능할지도 몰랐다.

건우는 초인이라 불러도 부족함이 없었지만 아직도 자신의 부족함을 느끼고 있었다.

건우는 멀리 떨어져 있는 물병을 바라보며 손을 뻗었다.

드르르륵!

집중하며 기를 컨트롤하자 물병이 흔들리며 건우 쪽으로 쭈욱 밀려왔다. 허공섭물은 높은 경지의 수법이었다. 일류고수가 펼칠 만한 것은 아니었다. 그러나 건우의 무공이 특별한 탓인지 조금 더 집중하면 펼칠 수 있었다.

본격적으로 수련을 다시 시작하려 할 때였다. 핸드폰이 울렸다. 핸드폰을 보니 제인이 건 전화였다.

'오늘은 하루 종일 전화가 오는군.'

건우는 고개를 설레 저으면서 전화를 받았다. 어찌된 영문인지 아는 사람이 아예 없었던 미국에 와서 더 전화 통화를 많이 하는 기분이었다.

─건우! 오늘은 어때? 후유증은 없어?

걱정이 가득한 제인의 목소리가 들려왔다.

건우는 그 이후로도 오랫동안 통화를 해야 했다.

*   *   *

세트장 촬영이 모두 완료되었다. 크리스틴 잭슨 감독의 후반 편집에 따라 달라지긴 하겠지만 건우는 자신이 예상했던 것보다 더 많은 분량을 찍었다.

건우는 열심히 연기를 한 것밖에 없었지만 크리스틴 잭슨 감독은 건우를 신뢰하고 있었다. 건우의 연기에 대해 만족을 넘어 전적으로 믿고 있기에 연기에 대해서는 간섭하지 않았고 오히려 건우의 의견을 더 적극 반영해 주었다. 크리스틴 잭슨 감독과 꽤 친해지다 보니 건우는 적극적으로 의견을 냈다. 게다가 액션신을 촬영할 때는 건우를 꼭 불렀으니 건우는 어느새 배우들의 중심에 자리 잡게 되었다.

드디어 라인 브라더스 픽처스의 세트장을 떠나 뉴질랜드로 가게 되었다.

대형 이사이니만큼 챙길 짐이 많았는데, 덕분에 스태프들이 따로 빠져서 삼 일 밤낮으로 일해야 했다.

이번 영화가 잘 풀리면 2부, 3부까지 그곳에서 찍어야 했기에 가져갈 것들은 많았다.

뉴질랜드 현지의 영화사와 협업한다고는 하지만 라인 브라더스 픽처스의 최신 장비들을 따라올 수는 없었다. 게다가 챙겨가야 할 소품들도 많았다.

주요 스태프들은 이미 현지에 가 있었고 감독과 배우들은 오늘 뉴질랜드로 떠날 예정이었다.

'자연 경관이 아름다운 곳이라 했던가?'

건우는 미국에 올 때보다 더 가슴이 두근거렸다. 지금의 생활이 불편한 것은 아니었지만 가끔은 그런 자연 경관이 그립기는 했다.

건우는 비행기 시간에 맞춰 이동했다. 매니저는 다시 건강한 모습을 찾아 복귀했는데, 그와 함께 뉴질랜드와 LA를 오갈 예정이었다.

"차가 바뀌었네요?"

"네, 임시로 쓰던 차량은 반납하고 새로 받은 차입니다."

매니저는 차 유리를 주먹으로 두드려보였다.

"이거 방탄유리랍니다. 차체도 굉장히 튼튼해서 전처럼 파파라치 차량이 박아도 꿈쩍없을 겁니다."

"그런 일이 일어나지 않는 게 제일 좋죠."

"네, 저도 사양입니다. 그런 일은 한 번으로 족해요."

고급 밴이었는데, 매니저의 말대로 굉장히 튼튼해 보였다. 에이전트는 건우를 이제는 꼭 잡아야 하는 고객으로 생각하고 있어서 대우는 미국에 처음 왔을 때와 비교하면 천지 차이였다.

마이클은 늘 한결같았지만 건우에게 주어지는 서비스는 최상급이었다.

매니저도 본래 건우에게 잘해주었지만 이전까지는 업무적인 부분이 컸다면 지금은 사적으로도 잘 챙겨주었다. 그의 아내를 다시 만날 기회가 있었는데, 눈물까지 보이며 건우에게 고마워했다.

그의 아내가 LA 지역 건우의 팬클럽 회장으로 승진했다고 하는데 건우는 그 소식을 듣고 어색한 미소만 그릴 뿐이었다.

밴의 탑승감은 예상대로 무척이나 쾌적했다.

LA국제공항에 도착하니 많은 기자들과 미국 현지 팬들이 잔뜩 모여 있는 것이 보였다.

무의식적으로 스테판이나 다른 배우들의 팬일 거라 생각했는데, 그들이 든 플래카드에는 대부분 건우의 이름만이 적혀 있었다.

"꺄아아악!"

"건우!"

LA 교민들도 보였지만 미국 현지 팬들의 숫자가 제일 많았다. 기자들도 건우의 차량을 알아보고는 카메라에 담기 바빴다.

매니저가 그 모습을 보며 흐뭇하게 웃었다.

"이제는 슈퍼스타시네요. 다 건우 씨를 보러 온 것 같은데요?"

"하하……."

건우는 살짝 웃을 뿐이었다.

매니저의 말을 부정하지 않았다. 조금 과장된 말이기는 하지만, 그럭저럭 사실로 보였고 그렇게 생각하는 것도 나쁘지 않을 것 같았다.

"여기서 영화까지 대박 난다면 엄청날 것 같네요."

"그랬으면 좋겠네요."

"그럴 겁니다. 자! 가시지요!"

건우가 밴에서 내리자 엄청난 환호 소리가 울려 퍼졌다.

단순히 뉴질랜드로 촬영을 떠나는 것일 뿐인데, 이렇게 몰려올 줄은 생각하지도 못했다.

모인 사람들의 연령층도 다양했는데 그중에는 10대 청소년들의 숫자도 상당했다.

스테판이나 에란 로비도 분명 할리우드 스타이기는 했지만 이 정도의 팬들을 끌어모을 정도는 아니었다.

'한국 기자들도 있네.'

한국의 공중파 뉴스에서도 나온 것 같았고 연예가 프로의 기자들도 보였다.

건우는 사고 동영상이 공개된 직후에도 여전히 외부 노출이 거의 없었다.

세트장과 집만 왔다 갔다 할 뿐이었고 집에서는 훈련만 했다. 여러 생필품들은 매니저가 직접 사와서 거리를 나서는 그의 모습도 전혀 포착되지 않았다. 그리고 파파라치에 대한 질타가 이어지고 직접적인 단속도 가해져 건우에게 접근할 수도 없었다.

이번 뉴질랜드행은 건우의 모습을 공식적으로 촬영할 수 있는 기회였다.

에이전트에서는 건우의 머리부터 발끝까지 세팅해 주었다. 지금 LA에서 개인전까지 열고 있는 스타일리스트의 작품이었다.

건우는 가볍게 손을 흔들어주었다. 기자들의 질문이 팬들의 비명과도 같은 환호 소리에 파묻혀 들리지 않았다. 안전상의 문제도 있어 그 자리에 오래 있을 수는 없었다.

보안 요원에게 둘러싸여 안으로 들어갔다. 조금 과한 보호 같았는데 거절할 수는 없었다. 건우는 조금 어색했지만 그렇게 이동하는 수밖에 없었다.

탑승 수속을 마치고 안내받은 전용 라운지에 가자 모여 있는 배우와 감독, 그리고 스태프들이 보였다. 비행기 하나를 통째로 빌렸다고 한다.

맥주를 마시고 있던 크리스틴 잭슨 감독이 건우를 발견하고는 일어났다.

"오! 건우! 밖에 난리도 아니던데… 크흐! 내가 지나갈 때는 아무런 관심도 없었어……."

크리스틴 잭슨 감독이 시무룩한 표정이 되었다.

"감독님을 응원하는 플래카드도 있던 걸요."

"그, 그래? 하하하! 그렇구만! 하긴 LA 사람들이 날 박대할 리가 없지!"

"그럼요. 할리우드 대표 감독이신데요."

"대표는 무슨! 하하하!"

건우가 위로하며 아부 섞인 말을 건네자 그의 표정이 빠르게 좋아졌다. 물론 그런 플랜카드가 있기는 했다. 영화를 빨리 만들라고 협박하는 문구기는 했지만 다르게 해석하면 응원이라고도 볼 수 있을 것이다.

에란과 제시카, 그리고 함께 가는 E팀 배우들도 건우를 환영했다. 건우가 오기 전에 그냥 멍하니 스마트폰을 들여다보던 태도와는 완전히 상반되었다. 건우가 등장한 것만으로도 분위기가 확 달라졌다.

건우의 뒤를 이어 스테판이 들어왔다.

아무도 그를 신경 쓰지 않았다.

"건우 씨! 밖에 봤어요? 엄청 몰려왔던데요? 크흐! 기자들이 건우 씨에 대해 이것저것 물어보길래 제가 가서 모두 대답해 주었죠. 아, 좀 더 시간이 있었다면 좋았을 것 같은데……."

스테판 역시 신경 쓰지 않았다.

스테판과 인터뷰한 기자들은 엄청난 분량의 말들을 정리하느라 바빴다.

사고 이전에도 건우에 대한 호감도가 절정에 달했지만 사고 이후에는 존경의 눈빛까지 보내고 있는 스테판이었다. 기자들에게 건우의 멋진 점을 거창한 묘사까지 곁들여 말해주었다.

스테판이 인터뷰한 내용을 건우에게 말해주었는데 가만히 듣고 있던 제시카가 스테판을 보며 고개를 끄덕였다.

"그건 잘했네요."

"그, 그렇죠? 하하하!"

스테판은 칭찬에 약한지 부끄러워했다. 스테판은 무언가 깨달은 것 같은 표정이 되었다. 스테판이 용기를 내어 E팀에게 다가갔다. E팀은 차가운 눈으로 그를 바라보았지만 스테판은 예전처럼 물러나지 않았다.

"그, 그래서 제가 한 이야기 들어보실래요? 건우 씨에 대한 건데⋯⋯."

"네? 으음."

"그거라면⋯ 이쪽에 앉으세요."

스테판과 E팀의 배우들이 이야기를 나누기 시작했다. 스테판의 표정이 점차 풀리며 입이 쉴 새 없이 열렸다. E팀의 배우들도 맞장구를 치며 고개를 끄덕였다.

건우는 식은땀이 나는 것이 느껴졌다.

'이 무슨 끔찍한 조합이란 말인가.'

스테판과 E팀의 조합은 건우에게 커다란 위기감을 심어주었다. 크리스틴 잭슨 감독은 표정이 굳은 건우를 바라보다가 그의 어깨를 두드렸다.

"힘내라. 맥주라도 마실래?"

"아… 네."

건우는 크리스틴 잭슨 감독의 위로를 받으며 그가 건넨 맥주 캔을 들었다. 앞으로 조금 더 피곤해질 것 같은 강렬한 예감이 들었다.

5. 요정왕과 뉴질랜드

꽤 쾌적한 비행이었다. 다행히 스테판은 건우와 멀리 떨어진 곳에 앉아 건우는 에란, 그리고 제시카하고만 이야기를 나누면서 쉴 수 있었다. 반면 크리스틴 잭슨 감독은 그렇지 못했다. 스테판이 바로 옆에 앉았기 때문이다.

비행기에서 내렸을 때 창백한 표정의 크리스틴 잭슨 감독을 볼 수 있었다.

"중간계를 피폐하게 만든 가르디악의 사악한 목소리가 바로 이런 것이군. 조, 좋은 참고가 되었다."

그렇게 중얼거리며 스스로를 위로하는 크리스틴 잭슨 감독이었다.

건우는 그의 어깨를 두드려 주었다.

그들은 웰링턴국제공항에 도착했다. 웰링턴은 뉴질랜드의 수도였다. 웰리우드라는 별명을 가진 뉴질랜드 영화 산업의 중심지이기도 했다.

타지에서의 생활이 적응되어서일까? 다른 나라에 온 것이 아니라 그냥 옆 동네로 놀러온 것 같은 기분이었다. 입국 수속을 마치고 공항 밖으로 나왔다.

역시 많은 사람들이 몰려와 있었는데, 건우는 문득 주변을 바라보았다. 에란과 제시카, 그리고 E팀 배우들이 건우를 중심으로 서 있었다.

'익숙해져서 알아차리지 못했네.'

이제는 익숙해진 광경이었다. 심지어 서 있는 자리와 순서도 똑같았다. 무슨 암묵적인 룰이 있는 것 같았다.

"건우!"

"사랑해!"

한국어가 들렸다. 한국어로 적힌 플래카드도 있었다. 영화 촬영차 온 것이었지만 마치 건우의 팬미팅이라도 온 것 같은 느낌이었다.

오로지 건우만을 보고 환호하는 저들 때문에 배우들이 서운할 만도 했지만, 그 반대였다. 에란과 제시카, 스테판은 오히려 건우보다도 더 뿌듯해했다.

건우는 이런저런 일이 있었지만 그래도 좋은 사람들과 만나서 다행이라 생각했다.

그 후, 별다른 일 없이 숙소까지 왔다. 제법 좋은 호텔이었다. 라인 브라더스 픽처스의 실내 세트장 규모에 비하면 작았지만 그래도 꽤 큰 실내 세트장도 있었다. 야외 촬영은 뉴질랜드 전역에서 할 예정이었고, 여러 야외 세트장은 뉴질랜드 북섬에 위치해 있었다.

웰링턴시에서 해준 환영 행사 이후, 촬영이 시작되었다. 실내 세트장에서 여러 신을 찍고 드디어 야외 세트장으로 향했다.

크리스틴 잭슨 감독이 그토록 자랑하던 엘븐스가 있는 곳이었다. 엘븐스 촬영을 마치면 꽤 높은 산에 헬기를 타고 올라가 찍는다고 하는데, 건우의 촬영은 없었다.

새벽에 출발해서 해가 뜰 때쯤 엘븐스에 도착했다.

건우는 뉴질랜드의 광활한 풍경에 감탄할 수밖에 없었다. 전생에 많은 곳을 돌아다니면서 절경이라고 불리는 곳을 봤지만 그곳에 비해서도 전혀 손색이 없었다. 한국의 풍경과 미국의 풍경이 다른 것처럼, 또 다른 매력이 존재했다.

크리스틴 잭슨 감독과 스태프들은 미리 도착해 있었다. 엘븐스 주변은 외부 출입을 할 수 없게 꽤 높은 울타리가 쳐져 있었고 보안문까지 달려 있었다.

건우는 오자마자 분장실로 이동해 분장을 받고 복장을 착용했다. 이제는 익숙해져서 별로 귀찮게 느껴지지는 않았다.

건우가 안으로 들어오자 스태프들을 모아놓고 이야기하고 있던 크리스틴 잭슨 감독이 보였다. 그는 카메라의 위치부터 시작해서 모든 것을 다 지휘했다. 본래 감독이 그런 직책이지만 건우가 보기에는 그의 실력은 세계 최고였다. 그러니 명장 소리를 듣는 것이다.

그의 표정은 진지했다. 화가 난 표정이 되었다가도 숨을 몇 번 쉬더니 다시 평정심을 유지했다. 그는 스태프에게 결코 사적인 감정을 담아 이야기하지 않았다.

"안녕하세요?"

"오! 요정왕! 어서 오십시오! 여행길은 편안하셨는지?"

"덕분에."

크리스틴 잭슨 감독이 우아하게 인사했다. 이제는 익숙해진 인사법이었다. 건우가 웃어 보이자 크리스틴 잭슨 감독도 진지한 표정을 덜어내고 웃었다.

건우의 미소를 바라보는 스태프들도 심각한 표정에서 자연스럽게 웃게 되었다. 건우가 웃으니 자연스럽게 분위기가 풀어진 것이다.

"오늘은 기합이 많이 들어간 것 같은데요? 괜찮아요?"

"오늘 말을 빌리기로 했는데, 조금 늦을 건가 봐. 훈련된 말은 하루 빌리는 데도 비용이 장난이 아닌데… 그건 둘째 치더라도 스케줄을 조정해야겠어."

배우들이 직접 탈 말과 엘브스에서 유니콘으로 분장할 백마들이 오늘 촬영에 필요했다. 말이 늦는다면 스케줄을 부득이하게 바꿀 수밖에 없었다.

'말이라…….'

건우에게 가장 친숙한 동물을 하나 선택하라면 바로 말이라고 말할 수 있었다. 전생에 그는 말을 아주 많이 타보았다. 용맹하고 강인한 말은 보물이라고도 불리던 시대였다.

배우들은 따로 승마 훈련을 받았는데, 건우는 말을 타는 장면이 없어 훈련을 받지 않았다. 물론, 지금 말을 타보라고 해도 누구보다 잘 탈 자신이 있었다. 자동차 운전은 서툴지 몰라도 승마라면 자신이 있었다.

"아무튼 엘브스로 들어가자고!"

보안문 안에 커다란 문이 또 있었다. 크리스틴 잭슨 감독이 손가락을 가져다 대니 잠금장치가 풀렸다. 소품 보관소, 분장실 그리고 화장실을 비롯한 시설들은 그렇다 쳐도 엘브스만큼은 보안이 아주 철저했다. 혹시나 있을 유출, 그리고 스포일러를 막기 위함이었다.

문이 열리고 엘브스의 전경이 드러났다.

"대단한데요?"

"그렇지?"

건우는 엘븐스를 보자마자 감탄했다. 아티스트들이 그린 컨셉 아트를 본 적이 있었는데, 솔직히 컨셉 아트 그대로 재현하는 것은 무리가 있어 보였다. 어느 정도 현실과 타협할 것이라 생각했다.

그러나 눈앞에 보이는 풍경은 달랐다.

"정말 똑같이 만들었군요."

"그래, 이곳이 바로 엘븐스! 요정들의 낙원이지!"

크리스틴 잭슨 감독이 엘븐스를 가리켰다. 솟아 있는 나무의 위아래에 집들이 들어서 있었다. 주변에는 꽃이 만발해 있고 가운데에는 아름다운 연못이 있었다. 마치 나무 그 자체가 집이 된 것 같은 집들이 펼쳐져 있었고 아름다운 꽃나무들이 가득했다. 자연적인 풍경만 있는 것이 아니었다. 새하얀 흰색의 바닥과 새하얀 벽들이 나무들와 어울리며 독특한 경관을 연출해 냈다.

엘븐스 성으로 향하는 크리스탈 로드도 아름답게 재현되어 있었다. 드워프들의 굴욕을 나타내는 길이었는데, 바로 드워프들의 광산에서만 나는 순결의 광석으로 지어진 길이었다. 그들이 요정왕 헬멘스에게 굴복한 역사가 담긴 길이었다.

"크리스탈 로드 끝에는 엘븐스 성이 들어설 거야."

"그 부분은 역시 CG로 대체할 수밖에 없겠네요."

"아쉽지만 말이지."

아쉬운 점은 엘븐스의 상징, 엘븐스 성이 있을 곳에는 초록색 천막이 대신 자리 잡고 있다는 점이었다. 그래도 도시의 일부분을 재현해 냈다는 것만으로도 건우에게 감동을 주었다.

"영화 촬영이 끝나면 없앨 건가요?"

"그럴 예정이야. 뭐, 대박 나면 어떻게 될지 모르겠지만 말이야."

크리스틴 잭슨 감독은 그렇게 대답했지만 대박을 확신하고 있었다. 자신의 감독 인생에 있어 최고의 작품이 되리라 믿어 의심치 않았다. 건우는 영화 촬영 이후에 엘븐스를 없애는 것보다 관광지로 만드는 것이 더 좋을 것 같다고 생각했다.

"조금 있으면 엘프 엑스트라들이 들어오고 촬영이 시작되니, 그때까지 구경하고 싶으면 해."

"뉴질랜드 배우들인가요?"

"응, 수십 명은 직접 쓰고 나머지 배경은 CG로 대체할 거야. 상상해 봐, 수십만의 엘프들이 모인 광경을!"

크리스틴 잭슨 감독이 말하는 광경이 머릿속에 그려졌다. 건우도 크리스틴 잭슨 감독과 마찬가지로 대단히 기대가 되었다. 스크린 속 엘븐스가 어떻게 비춰질지 벌써부터 궁금했다.

촬영까지 조금 시간이 남아 엘븐스를 둘러보았다. 나무로 보이는 집들은 가까이에서 보니 나무가 아니었다. 감쪽같이 나무로 위장되었는데, 가까이에서 봐야 티가 조금 날 정도였다. 집 안은 텅텅 비어 있었다. 집 안에서 촬영되는 부분은 이미 실내 세트장에서 촬영을 완료했다.

오늘 찍은 내용은 스테판과 다니엘, 그리고 이안이 간신히 엘븐스에 입성해서 냉대를 받는 장면이었다. 에란이 아버지인 요정왕 헬멘스를 만나서 이번 원정에 엘프들의 도움을 요청하는 이야기였다. 엘븐스 성에서 이야기를 나누었던 장면은 할리우드에서 찍었다.

엘븐스의 촬영 일정은 꽤 긴 편이었다.

엘븐스의 냉대와 하룻밤, 그리고 떠나는 장면까지 찍을 예정이었다. 당연히 하루 만에 다 찍을 수는 없었는데, 근처에 미리 잡아놓은 숙소가 있으니 상관없었다.

'대기해야 하는군.'

말이 늦게 도착해 촬영 스케줄을 바꿔야 했다.

다른 배우들의 신을 먼저 찍기로 했다. 대기하는 건 건우에게 무척이나 익숙한 일이었다.

촬영이 시작되었다. 엘프 역의 엑스트라들이 엘븐스에 들어와 곳곳에 배치되었다. 엘프 분장을 하고 엘븐스에 들어온 것이 즐거운 모양이었다. 외모도 엘프에 맞춰 뽑아 다들 미남 미녀까지는 아니더라도 훈훈한 외모를 자랑했다.

흥미를 갖고 촬영을 지켜보던 건우는 이내 조금 지루해져 연못 근처에 앉았다. 인공 연못이라 물고기는 없었지만 그 안의 물은 새로 갈았기에 깨끗했다.

연못을 지켜보는데 연못 주변에 있는 새들이 보였다. 참새도 있었고 처음 보는 새들도 많았다. 꽤 큰 새 한 마리가 건우 주변에 앉았다.

'저런 거 많이 구워 먹었는데.'

건우의 스승 곁에는 유난히 동물들이 많이 모였다. 건우는 스승 몰래 새나 동물들을 잡아 구워 먹었었다. 나중에 들켜서 엄청나게 혼난 기억이 있었다. 그때는 왜 주변에 모이는지 이해할 수 없었지만 지금은 얼핏 알 것 같기도 했다.

'시험해 볼까?'

경지가 오른 지금이라면 유인할 수 있을 것 같기도 했다. 건우는 새를 바라보며 포근하고 따스한 기운을 흘려보냈다. 동물은 사람보다 기운에 민감했다. 건우가 기운을 흘리자마자 고개를 갸웃하더니 천천히 접근해 왔다.

저절로 안심이 되고 위안이 되는 그런 공간이라고 느끼고 있을 것이다.

건우가 손을 뻗자 그 위에 올라왔다.

'무슨 새지?'

한국에서는 본 적이 없는 새였다.

"살이 도톰하네. 뭐… 치킨보다는 못하겠지."

건우의 말에 무언가를 느낀 듯 새가 부르르 떨었다. 겁을 먹은 것 같았는데 도망치지는 않았다. 그러고 보니 이름난 도사들은 애완동물 한 마리 정도를 지니고 있었다. 민간에서는 영물 취급 받기도 했지만 건우가 보기에는 그냥 동물이었다.

현생에서는 동물과 친하게 지낼 기회가 그리 많지 않았지만 한국에 돌아가게 되면 길러보는 것도 나쁘지 않을 것 같았다.

기운을 흘리고 있는 탓인지 주변에 있던 새들까지 모이기 시작했다.

'효과가 너무 좋은데?'

건우의 기운은 그만큼 매혹적이었다. 전신을 감싸주는 포근한 기운을 계속 느끼다 보니 건우의 주변 바깥의 세상이 마치 한겨울처럼 느껴지고 있어 건우의 곁을 떠날 수가 없었다.

나쁜 말로 표현하자면 기운의 형태를 한 마약이었다.

건우는 기운을 가라앉히며 손에 있는 새를 날려 보냈다. 한참을 날아가던 새가 다시 회전하더니 건우의 무릎에 앉았다. 건우의 곁을 둥지로 착각하기라도 한 것처럼 떠나지 않을 기세였다.

야생의 새가 순식간에 길들여져 버린 것이다. 주변을 둘러보니 작은 새와 설치류 같은 소동물들이 몰려 있었다.

"거참……."

'골든 시크릿'에 나오는 '푸른 깃털의 드루이드 말푸디'라도 된 것 같았다. 건우는 자리에서 일어나 연못에서 빠르게 떨어졌다. 새들이 푸드덕거리더니 건우에게 몰려왔다. 설치류들도 마찬가지였다.

이리저리 움직이며 떨쳐내려다가 살짝 짜증이 났다.

건우가 살기를 담아 노려보자 날아오던 새들이 그대로 바닥에 뚝 떨어졌다. 후두둑 떨어지는 새들의 모습이 조금 끔찍하기는 했다. 설치류들도 꽥 하는 소리와 함께 기절했다.

죽지는 않았는데 아마 조금 뒤에 정신을 되찾을 것 같았다. 건우가 고개를 끄덕이고는 몸을 돌릴 때 시선이 느껴졌다. 조금 먼 곳에 떨어져 있었고 집중하고 있어 눈치채지 못했다. 게다가 조그마한 꼬마의 시선이라 더욱 그러했다.

터럭!

엘프 꼬마 역을 맡은 어린 소녀가 건우를 멍하니 바라보다가 들고 있던 꽃이 든 바구니를 떨어뜨렸다. 촬영이 있는 곳과 조금 떨어진 곳이라 인적이 없었다.

건우가 씨익 웃으면서 검지를 자신의 입술에 가져다 대었다.

"어, 엄마!"

엘프 꼬마는 그대로 한창 촬영하고 있는 쪽으로 달아나 버렸다. 건우는 보기 드문 멍한 표정이 되었다. 달아나는 엘프 꼬마를 멍하니 바라보았다.

건우는 한참을 그렇게 서 있다가 피식하고 웃었다.

*   *   *

아침 촬영이 끝나고 오후가 되어서야 말이 도착했다. 전문 사육사와 함께 도착했는데, 이동 중 말이 스트레스를 받았기 때문에 바로 촬영에 들어갈 수는 없었다.

시간이 지나서 말이 안정되자 엘븐스로 투입되었다. 뉴질랜드로 와서 틈틈이 배우들과 훈련한 말이었기에 큰 문제는 없었다. 스테판은 말이 마음에 들었는지 영화가 끝나고 말을 구입할 의사까지 내비치고 있었다.

스테판은 그럴 만한 재력이 있었다.

'몸값이 엄청나다고 했지?'

특히 자신이 보고 있는 저 백마는 엄청 비쌀 것 같았다.

새하얀 백마는 아름다웠다.

훈련을 잘 받아 유니콘 분장도 잘 소화해 냈다. 백마는 타는 것이 아니라, 유니콘으로 분장해 엘프들과 있는 장면을 찍을 예정이었다. 몸값이 엄청난 녀석이라 조심스럽게 다뤄야 했다.

건우는 백마에게 다가갔다.

"조금 까칠해져 있어요."

"그래요?"

"지가 대장이라고 생각하는 놈이라서요. 그래도 사람을 다치게 하지는 않으니 겁먹지는 마세요."

"멋지네요. 이름이?"

"엘리스예요."

곁에 있던 사육사가 이런저런 말을 해주었다.

애초부터 외견만으로 섭외된 말이었고 사람을 태우는 용도로 쓰이지는 않았다. 실제로 여러 광고 모델이 된 말이었고 가장 아름다운 말로 뽑혔다고 한다.

눈을 보는 것 같이 새하얀 말은 황금빛 뿔과 무척이나 잘 어울렸다.

건우가 엘리스의 머리를 향해 손을 뻗었다. 엘리스가 푸르릉거리면서 피했다. 마치 자신을 비웃는 것 같았다. 건우의 인상이 살짝 찌푸려졌다.

사육사가 그 모습을 보고 웃었다. 훈련을 받아 안전하기는 했지만 까칠한 성격은 여전했다. 게다가 굉장히 똑똑해서 꾀병까지 피우는 녀석이었다.

"하하, 조금 까칠……."

사육사는 말을 전부 내뱉을 수 없었다.

갑자기 엘리스가 움찔하더니 그대로 굳었다. 마치 건우의 시선을 피하는 것처럼 눈이 돌아갔다. 사육사는 기이한 광경에 고개를 갸웃했다.

사육사는 건우가 짓고 있는 표정을 보자 엘리스처럼 굳어 버렸다. 웃고 있었지만 오한이 들 정도로 무서웠다. 스스로 그런 생각을 하는 것이 이상할 정도였다.

건우가 손가락을 까딱이자 엘리스가 부르르 떨더니 천천히 다가왔다. 건우는 엘리스를 바라보며 손을 펼쳤다. 엘리스가 조심스럽게 건우의 손에 얼굴을 비볐다.

"음, 착하네요."

"그, 그래… 요?"

사육사는 경악했다. 엘리스가 마치 말 잘 듣는 강아지라도 된 것처럼 행동했기 때문이다. 건우가 주변에 있는 나뭇가지를 들더니 그대로 던졌다.

"물어와."

건우의 말을 들은 사육사는 피식 웃었다. 엘리스가 웬일인지 건우를 잘 따른다고 하여도 말은 말이었다.

엘리스가 건우를 바라보다가 건우가 웃음을 지우자 부르르 떨더니 허겁지겁 뛰어갔다. 힘겹게 나뭇가지를 물더니 푸르릉 거리며 뛰어왔다. 그리고 건우의 손에 얌전히 나뭇가지를 건네주었다. 칭찬해 달라는 듯한 눈빛에 건우는 고개를 끄덕이며 엘리스의 머리를 쓰다듬어 주었다.

사육사는 그 모습에 입을 떡하니 벌렸다. 말이, 그것도 엘리스가 저런 모습을 보이는 것은 엄청난 충격이었다.

건우는 고분고분해진 엘리스의 모습에 미소 지었다.

"정말 훈련이 잘되어 있네요."

"그, 그렇죠."

건우가 엘리스의 목을 쓰다듬었다. 엘리스는 건우가 더 잘 쓰다듬을 수 있게 다리를 접어 자세를 낮췄다.

"착하네, 착해."

건우는 엘리스를 쓰다듬으면서 미소 지었다.

"처음부터 이렇게 착하게 굴었어야지. 그렇지?"

엘리스가 차갑게 느껴지는 건우의 말에 움찔거렸다.

푸르릉!

건우가 살짝 따스한 기운을 담아 쓰다듬어 주자 엘리스는 무척이나 좋아했다. 기분이 좋다는 표현이 눈에 보일 정도였다. 크리스틴 잭슨 감독이 그 모습을 보고는 흡족한 표정으로 다가왔다.

"음, 요정왕과 유니콘이라… 장면을 바꿔서 배경으로 넣으면 괜찮을 것 같은데."

확실히 잠깐 모습을 비추기에는 비싼 몸이었다.

그렇게 장면이 살짝 변형되었다. 사육사는 이야기를 나누기 시작한 둘의 모습을 보다가 엘리스를 바라보았다. 까칠한 성격의 엘리스와 방금 그 모습은 도저히 매치가 되지 않았다.

사육사는 바닥에 떨어진 나뭇가지를 바라보다가 건우가 했던 것처럼 던졌다.

"물어와!"

나뭇가지는 집에 부딪히며 바닥에 떨어졌다.

푸르릉!

엘리스는 사육사를 바라보다가 마치 피식 웃는 것처럼 울음소리를 내뱉더니 고개를 돌렸다. 사육사가 나뭇가지를 던지는 걸 본 스태프가 빠르게 다가왔다.

"죄송한데, 그렇게 던지시면 안 돼요."

"아… 죄송합니다."

푸르릉!

사과를 하는 사육사를 보고는 엘리스는 또 다시 그를 비웃는 것처럼 울음소리를 내었다.

사육사는 무언가 굉장히 억울한 기분이 되었다.

*　　　　　*　　　　　*

예정보다 조금 늦게 촬영이 시작되었다. 그러나 돌아가는 상황을 보아하니, 그럭저럭 오늘 스케줄은 전부 소화할 수 있을 것 같았다.

말을 타고 크리스탈 로드에 들어선 이들 앞에 요정왕 헬멘스가 나타나는 장면이었다. 그나마 자신과 견줄 수 있다고 인정한 대마법사이자 현자 돌룬이 있기 때문에 요정왕은 병사들을 이끌고 직접 나오게 되었다.

'집중하자.'

뉴질랜드로 와서 조금은 풀어진 정신을 다잡았다. 건우는 빠르게 집중했다. 마치 다른 인격을 꺼내는 것처럼 요정왕 헬멘스를 꺼내었다.

우선 말을 타고 인간들, 엘프, 현자, 드워프로 구성된 일행들이 엘븐스에 입성하는 장면부터 시작되었다. 중간계에 닥친 위기를 알리고 각 종족을 규합하는 과정이었다.

엘프를 제외한 모든 종족들이 소유권을 놓고 다투던 '황금의 산 고드러스'가 사악한 목소리 가르디악이 만든 오크들에게 넘어가게 되고, 중간계는 빛을 잃어가고 있었다.

황금의 산은 황금이 많기도 하지만, 중간계를 이루는 생명의 중심지, 뿌리 같은 개념이었다. 때문에 각 나라, 많은 종족들이 그 산의 소유권을 놓고 다투고 있던 것이다.

가르디악의 목소리가 서로를 이간질했고, 그렇게 지난 400년 동안 잦은 분쟁으로 약해진 것을 틈타 가르디악의 오크 군세가 대규모 공습을 펼쳤다. 엄청난 물량 공세에 고드러스는 단번에 함락당해 가르디악의 소유가 되어버렸다.

중간계의 생명이 타락하고 악에 물들기 전에 가르디악에게 넘어간 황금 산맥을 되찾아야 했다. 황금 산맥의 중앙에 정화의 보석을 녹이면 가르디악이 황금 산맥의 장악력을 잃게 된다.

그때 대규모 반격을 시작하는 것이다. 현재로서는 가르디악과 오크 부대들을 동시에 당해낼 수 없었다.

왕족이었다가 추방된 남자, 스테판이 맡은 바라운이 황금의 산으로 가는 비밀 길을 알고 있다는 설정이었다.

몇 번 NG가 났지만 촬영은 비교적 순조로웠다.

에란, 엘프 공주 역의 셀라가 능숙한 자세로 말을 타고 크리스탈 로드를 앞서 갔다.

"엘프들이 무척이나 경계하는군요. 특히 현자님과 저 드워프 친구를 싫어하는 것 같은데요?"

"나는 늘 헬멘스에게 나쁜 소식만을 가져다주었지. 내가 그의 죽음을 예견했을 때는 나 역시 이곳에 묻힐 뻔했다네. 허허허!"

"뭐라고 하셨는데요?"

"요정왕 헬멘스여! 그대의 죽음은 찬란할 것이라네! 그대의 아름다움보다 더욱더!"

현자가 당시의 상황을 재연하며 그렇게 말하자 드워프 도두한 리가 어이가 없다는 듯 그를 바라보았다.

"죽음? 허! 그 고약한 요정왕에게 그런 말을 했단 말이오?"

"아버님을 모욕하지 마라! 드워프!"

"참나, 뭔 말을 못하는군!"

셀라의 말에 도두한 리가 인상을 구겼다. 현자가 도두한 리를 보며 웃었다.

"드워프는 이 크리스탈 로드를 무척이나 싫어한다고 들었네. 두 발로 밟을 바에 두 발을 잘라버릴 정도로 말이지."

"허허! 지금 나는 이 가증스러운 백색 길을 밟지 않고 있소! 나의 말이 밟고 있는 것일 뿐! 그러니 무효이오."

"자네답군."

일행의 웃음 속에서 장면이 끝났다. 크리스틴 잭슨 감독은 긴장감 속에서 흐르는 웃음 섞인 분위기가 마음에 든 듯했다. 처음에는 진지한 톤이었지만 다시 바꿔서 찍었다.

이제 건우, 헬멘스가 등장하는 장면이었다. 건우는 서 있는 것만으로도 위엄이 넘쳤다. 주변에 있던 배우들, 그리고 엑스트라들은 한마디도 뻥긋하지 못했다.

건우의 주변에 엘프 병사들이 따르고 있었다. 건우가 걸어나오자 엘프 병사들이 뒤따랐고 수십의 엘프들이 무릎을 꿇었다. CG로 수많은 엘프들을 그려 넣을 예정이었지만 지금도 결코 초라하게 느껴지지는 않았다.

건우의 옆으로 엘리스가 따라왔다. 화려하게 치장된 유니콘은 요정왕의 권력을 보여주는 듯했다. 건우가 대사를 할 차례였다.

건우가 대사를 하려고 할 때 갑자기 엘리스가 앞발을 올리며 푸르릉거렸다. 돌발 상황임에도 NG 사인은 나오지 않았다. 건우가 엘리스를 바라보자 엘리스가 부르르 떨더니 자세를 낮추며 무릎을 접었다.

"음!"

"으!?"

이변은 거기서 끝나지 않았다. 바라운의 일행들이 탄 말들도 갑자기 그 자리에서 무릎을 꿇어버렸다. 건우의 날카로운 기세에 반응한 것이다.

배우들은 당황했지만 정신을 부여잡고 애드립을 이어갔다. 진심으로 황당한 표정이 연기를 보는 것처럼 감쪽같았다. 갑작스러운 사태에도 불구하고 그들은 건우의 몰입에 동화되어 배역에 자연스럽게 빠져들고 있었다.

현자 역의 노련한 배우 이안이 도두한 리를 바라보며 입을 떼었다.

"자네, 발이 닿았군?"

"허, 여기서 더 작아지면 곤란한데!"

다니엘도 애드립으로 받아쳤다. 그걸 보던 건우는 잠시 그를 바라보다가 그를 내려다보며 말하기 시작했다.

"그렇다면 애벌레처럼 바닥을 기어 다녀야겠군, 쓰레기."

건우의 말이 끝나고 잠시 뒤에 오케이 사인이 났다.

크리스틴 잭슨 감독은 의자에서 일어나 만세를 불렀다. 의도와는 달라졌지만 우연히 더욱 좋은 장면이 나왔기 때문이다. 가끔씩 영화에서 이런 경우가 있었는데, 우연히 명장면이 탄생하곤 했다.

건우도 엘리스 때문에 살짝 당황하기는 했지만 몰입이 깨지지는 않았다. 건우가 엘리스를 바라보자 엘리스는 아예 드러누웠다. 칭찬에 달라는 듯 건우를 힐끔 보며 푸르렁거렸다.

크리스틴 잭슨 감독이 흥분하며 좋아하는 것이 보였다. 두 주먹을 불끈 쥐고 있었는데 바라보는 것만으로도 웃음이 나왔다.

"일어나."

건우가 손짓하자 벌떡 일어나며 건우에게 애교를 떨었다. 그 모습을 배우와 스태프들이 멍하니 바라보았다. 진짜 엘프들의 왕 같은 모습이었기 때문이다.

"자네… 말을 참 잘 다루는구만."

"하하."

건우는 웃음으로 얼버무렸다.

그 후 촬영은 대단히 잘 풀려 제시간 안에 끝날 수 있었다. 엘리스가 건우와 떨어지기 싫어 이런저런 행패를 부린 것은 여담이었다.

*   *   *

뉴질랜드에서의 촬영은 순조로웠고 빠르게 시간이 흘러갔다. 뉴질랜드 전역 180곳에 달하는 곳에서 촬영이 이루어졌다. 1부에서는 수십만이 움직이는 대규모 전투는 없었고 소규모 전투 신이 있었는데, 그렇기 때문에 액션은 대단히 중요했다.

건우는 배우로서뿐만 아니라 무술 자문으로서도 크리스틴 잭슨 감독을 성실하게 도왔다. 이제는 조나단과 함께 한 축을 담당하게 될 정도로 완벽한 신뢰를 얻고 있었다.

3부작 중 1부는 뒤에 힘을 실어주기 위한 준비 작업인 경우가 많았다. 2부, 3부의 밑바탕이 되면서 재미와 흥행까지 잡아야 했다. 그런 압박감은 대단한 것이어서 크리스틴 잭슨 감독이라고 해도 스트레스를 안 받을 수가 없었다.

건우는 요정왕이라는 캐릭터를 완벽하게 정립하고 소름 끼치는 연기를 보여주었다. 거기에 액션신의 수준을 확 끌어 올려주기까지 했으니 크리스틴 잭슨 감독이 건우를 신뢰하지 않을 수 없었다.

건우는 마지막 신을 찍기 위해 실내 세트장에 나와 있었다. 생각해 보면 촬영 기간은 그리 길지 않았다. 스케줄대로 정확하게 이루어졌고, 간혹 예기치 못한 사태에 봉착하기도 했지만 그리 큰 문제는 아니었다.

'드디어 오늘 죽는 건가?'

촬영 일정이 조금 더 남아 있었지만 건우는 오늘을 끝으로 퇴장하게 되었다.

요정왕의 죽음은 골드 시크릿에서 중요한 부분을 차지했다. 가장 비협조적이었고 중간계 따위는 아무래도 좋다는 것이 그의 입장이었지만 그에게 있어서 무엇과도 바꿀 수 없는 가장 찬란한 보석은 그의 딸 셀라였다.

비밀 통로로 가는 자신의 딸을 지키기 위해 선조가 만든 엘프의 규율을 어기고 스스로 왕좌에서 내려왔다. 찬란한 왕관을 잃었지만 그의 아름다움은 결코 사라지지 않았다.

'명장면이긴 하지.'

비밀 통로는 과거 엘프들이 중간계 종족들에 대한 실망으로 은거하기 전에 찬란했던 역사를 이루었던 중심지, 고성 엘루나를 통과해야 나왔다. 헬멘스는 딸을 위해 그곳에서 오크 추격대를 막았다.

소설이나 코믹스에서 명장면을 꼽으라면 꼭 빠지지 않고 등장했다. 물론 현재 촬영하고 있는 영화에서도 가장 중요한, 마지막을 장식하는 장면이었다.

건우는 평소와 다른 복장을 했다. 왕을 상징하는 복장 대신 요정왕 헬멘스가 중간계를 활보할 때 입었던 갑옷을 입고 있었다. 왕관을 달지 않아 분장 시간이 상당히 줄어들었다.

'검은 참 좋네.'

요정왕 헬멘스의 검은 특별 제작 한 소품이었다. '골든 시크 릿'에서 가장 잘 만든 소품이라고 할 수 있었다. 개인적으로 집에 가져가고 싶지만 안타깝게도 브라더스 픽처스 박물관에 전시가 된다고 한다.

아무튼 촬영장에는 건우의 마지막 퇴장을 보기 위해 모든 배우들이 모이기 시작했다.

"오오~ 최후의 성전~!"

다니엘이 어디선가 기타를 들고 와서는 노래를 불렀다. 다니엘이 불러서 그런지 듣기 좋은 노래는 아니었다.

헬멘스의 성전.

'골든 시크릿' 팬 커뮤니티에서 만든 노래였다. 어떤 한 팬이 장난으로 불렀다가 그게 유행이 되어버려 얼떨결에 탄생한 곡이기도 했다. 그 후 많은 아마추어 가수, 밴드들이 녹음해 미튜브에 올렸다. 누구나 자유롭게 불러서 올릴 수 있는, 저작권이 오픈된 노래였다.

"오오~ 우리는 그대를 남겨두고 거대한 암흑을 지나야 하네! 가시나무 숲을 헤치며~ 엘루나! 황금의 길로!"

"황금의 길~"

"우리의 마음은 날카로운 창이 되어 오크들을 꿰뚫는다네!"

"오! 오! 헬멘스여~ 죽음조차 아름답구나~"

"오! 오! 헬멘스여! 그대를 찬양하리!"

다니엘의 노래를 따라 주변에 있던 배우들이 같이 후렴을 불렀다. 건우도 몇 번 들어본 노래였다. 건우는 따라 부르지 않고 피식 웃을 뿐이었다.

다니엘이 노래를 마치고는 우아하게 인사를 했다. 그러자 배우들과 스태프들이 박수를 쳤다. 크리스틴 잭슨 감독도 고개를 끄덕이며 엄지를 치켜들었다.

오늘 촬영 일정은 여유가 제법 있는 편이었다. 그동안 쉴 새 없이 달려온 덕분이었다.

"어떤가? 요정왕이여! 나의 노래가! 자네를 추모할 만하지 않은가?"

다니엘이 건우를 보며 말했다. 건우는 다니엘을 바라보다가 마지못해 고개를 끄덕였다. 어쨌든 노래로 즐거움을 줄 수 있으면 그 노래는 성공한 것이었다. 그런 면에서 박수를 줄 만했다.

"음! 어떤가! 자네도 불러보는 것이! 나름 의미가 있을 것 같은데?"

다니엘이 그렇게 말하며 건우에게 기타를 넘겼다. 건우는 사양하려 했지만 모든 배우와 스태프들이 반짝이는 눈동자로 건우를 바라보았다.

"맞아! 그러고 보니 건우는 대단한 가수였지."

크리스틴 잭슨 감독이 그렇게 말했다. 연기자로서의 건우만 봐오다 보니 건우가 가수라는 것을 잠시 망각했던 것이다. 여러 배우와 스태프들도 마찬가지였다.

몇 달이라는 시간이 흘렀지만 가수 건우의 인기는 사라지지 않고 있었다. 건우의 노래는 잠시 3위로 내려앉았다가 다시 1위로 반등하는 등 이런저런 행보를 계속 이어갔다. 지금도 20위권 안에 계속 머물러 있었다.

건우는 고개를 끄덕였다. 분위기에 어울려 주는 것도 괜찮을 것 같았다.

"한번 불러볼까요?"

"좋아! 잠깐 기다려 봐! 준비를 해주지! 기왕 하는 거 제대로 해보자고."

"제대로요?"

"그 유명한 가수 이건우, 그리고 요정왕 헬멘스의 노래잖아? 그만한 정성을 보여줘야지."

크리스틴 잭슨 감독이 분주히 움직이기 시작했다. 영화를 촬영할 때처럼 세팅이 되었다. 갑작스럽게 만들어진 이벤트였다.

"음, 감독님! 소품을 좀 더 가져올까요?"

"그래! 그게 좋겠어!"

크리스틴 잭슨 감독의 허가가 떨어지자 스태프가 분주하게 이것저것 가지고 왔다. 분위기가 환상적으로 변하였다. 마치 엘루나 고성을 헤매다가 잠시 쉬어가는 것 같은 분위기가 되었다.

'노래 부를 맛이 나겠는데?'

건우를 중심으로 에란, 제시카, 다니엘, 스테판, 이안, 그리고 여러 배우들이 앉았다. 모두 분장을 마친 상태라 영화의 한 장면 같았다. 건우도 더욱 할 마음이 생겼다.

건우는 기왕 이렇게 된 거 제대로 보여주자고 마음을 먹었다.

건우가 배우들을 바라보다가 진지한 표정으로 기타를 잡았다. 건우가 기타를 잘 친다고 소문이 나 있기는 하지만 미국의 누구도 건우의 기타 연주를 실제로 본 적은 없었다.

건우가 기타를 치기 시작했다. 첫 시작부터 다니엘과는 차원이 달랐다. 최후의 성전을 건우의 스타일로 바꾸었는데, 단지 기타만 연주하고 있을 뿐인데도 음공의 영향으로 다른 악기가 섞인 것 같이 다채로워졌다.

모두 감탄할 수밖에 없었다.

"그대를 찬양하기 위해 나는 서 있네."

건우가 부르니 몽환적인 느낌으로 바뀌었다.

아름다운 모든 것들에서의 목소리만 알고 있던 배우와 스태프들은 놀랄 수밖에 없었다. 평소의 저음이 아니라 미성과도 같은 목소리였기 때문이다. 아예 목소리가 새롭게 바뀐 것처럼 느껴졌다.

건우가 만들어낸 엘프의 억양도 섞여 독특한 느낌이 되었다. 진짜 엘프가 부른 것처럼 들렸다. 결코 즉흥적으로 부른 것 같이 느껴지지 않았다.

서서히 건우의 능력이 발현되기 시작했다. 건우가 그리는 감정에 모두 자연스럽게 동화되었다.

건우가 배우들을 바라보자 배우들이 건우의 연주와 노래에 맞춰 같이 노래를 부르기 시작했다.

"우리의 마음은 날카로운 창이 되어 오크들을 꿰뚫는다네!"

"오! 오! 헬멘스여~ 죽음조차 아름답구나~"

배우뿐만이 아니라 주변에 있는 스태프들 그리고 크리스틴 잭슨 감독도 따라 부르기 시작했다.

건우의 라이브 공연을 처음 듣는 이들은 충격과 감동에 빠지곤 했다. 지금 이곳에 있는 모든 이들이 그러했다.

아름다운 목소리에 충격을 받았고 가슴속에 차오르는 감정에 감동했다. 그리고 노래가 끝날 쯤에는 감수성이 풍부한 배우들의 눈시울이 붉어지기도 했다. 건우는 노래의 여운을 즐기며 기타의 연주를 마무리했다.

'좋군.'

영화 촬영을 하느라 노래를 부르지 않았는데, 오랜만에 불러서 그런지 가슴이 시원해졌다.

주변을 둘러보았다. 모두 여운에 빠져 있었다. 옆을 보니 크리스틴 잭슨 감독이 닭똥 같은 눈물을 흘리고 있었다. 에란은 손으로 눈물을 닦았고 제시카도 눈시울을 붉혔다. 노래 자체가 헬멘스 추모곡이라 그런지 슬픈 분위기이기도 했지만 가장 큰 이유는 건우의 노래에 감동을 느껴서였다.

'조금 오버했나?'

건우가 그렇게 생각할 때 크리스틴 잭슨 감독이 훌쩍이며 오케이 사인을 보냈다.

'근데 이걸 쓸 때가 있나?'

메이킹 비디오에 넣든 홍보용으로 제작하든, 아니면 그냥 아무런 일도 하지 않든 크리스틴 잭슨 감독이 알아서 할 것이다. 이안이 제일 먼저 박수를 쳤다. 그러자 배우들, 스태프들도 모두 박수를 쳤다.

이안도 대단한 감동을 느꼈는지 살짝 흥분하며 입을 떼었다.

"노래를 들으면서 이런 기분이 된 건 처음일세. 자네는 배우로서도 훌륭하고 가수로서도 완벽하군."

이안이 건우를 극찬했다. 이안은 클래식 마니아로 유명했고 클래식 음악계의 거장들과도 절친한 친구 사이였다. 이안 역시 음악적 소양이 뛰어나다고 알려져 있었는데, 그런 이안에게 극찬을 들으니 건우도 기분이 제법 좋아졌다.

크리스틴 잭슨 감독은 건우에게 엄지를 치켜들었다.

"건우, 너의 매력은 어디까지가 한계인지 모르겠어."

"한 곡 더 해줘!"

"앵콜!"

크리스틴 잭슨 감독의 말에 뒤이어 에란과 제시카가 그렇게 외쳤다. 노래 한 곡 더 한다고 촬영 스케줄이 밀리거나 하지는 않았다.

"신청곡 있나요?"

건우는 피식 웃으면서 내렸던 기타를 다시 들었다.

그들은 돈 주고도 못 보는 최고의 노래를 마음껏 만끽할 수 있었다. 건우가 노래를 불렀던 모습이 후에 어떤 반응을 불러올지 크리스틴 잭슨 감독만이 어렴풋이 짐작하고 있을 뿐이었다.

*　　　　　*　　　　　*

건우의 마지막 촬영이 시작되었다.

건우의 노래로 인해 흥분되었던 분위기는 침착하게 가라앉았다. 건우는 사전에 오크로 분장한 액션배우들과 합을 맞춰 보는 등 준비를 했다. 리허설이었지만 액션배우들은 긴장할 수밖에 없었다. 건우와 액션신을 찍게 되면 진짜 베이는 것 같은 착각이 들 정도로 리얼했기 때문이다. 합은 맞춰진 대로 딱딱 진행되었지만 두려운 마음이 절로 들었다.

이번에는 건우가 완전히 몰입해서 더더욱 그러했다. 액션배우들은 건우에게 맞춰 필사적으로 발버둥 칠 수밖에 없었다. 그래도 프로들이니 움츠러들거나 하지는 않고 제 역할을 다하기 위해 노력했다.

건우의 의견이 잔뜩 반영된 액션신이었다. 건우는 '골든 시크릿'을 통틀어 가장 화려하고 멋진 장면이 될 것이라 생각했다.

크리스틴 잭슨과 조나단도 같은 생각이었다.

카메라가 돌자 건우는 완벽한 요정왕으로 변신했다. 낡은 고성 안에 홀로 남아 다가오는 오크 추격자들을 맞이했다.

오크 추격대는 가르디악의 권능을 받은 검은 오크 아다크가 이끌고 있었다. 아다크는 평범한 오크 백 명분의 힘을 지니고 있다고 알려져 있었다. 가르디악의 권능이 존재하는 한 죽일 수 없는 불멸의 존재로서 '골든 시크릿'의 가장 큰 악역 중 하나였다. 모션 캡처를 위해 쫄쫄이를 입고 있었지만 건우의 몰입을 깰 수는 없었다.

건우의 눈에는 모든 것이 상상 속 그대로의 모습으로 보였다.

요정왕 헬멘스는 성안의 넓은 홀에서 눈을 감고 서 있었다. 그의 모습은 여전히 아름다웠고 사뭇 신성하게 느껴지기까지 했다.

오크들이 몰려왔다. 어두운 그림자가 비치는 순간 헬멘스가 눈을 떴다.

"남의 무덤에 잘도 기어들어 왔군."

헬멘스는 이곳이 자신의 무덤이 된다는 것을 알고 있었다. 현자 돌룬이 예견한 죽음을 충분히 피할 수 있었지만 그는 그러지 않았다.

늘 무표정이거나 분노로 일렁였던 헬멘스의 표정이 웃음으로 물들었다. 처음으로 짓는 아름다운 미소였다.

헬멘스는 천천히 검을 들었다. 손으로 검신을 쓰다듬자 검에서 기이한 소리가 울려 퍼졌다. 아름답기도 하지만 한편으로는 소름이 끼치는 그런 소리였다.

헬멘스의 주변을 맴돌던 오크들이 달려들었다. 헬멘스가 검을 휘두르자 오크들이 뒤로 크게 튕겨져 나갔다. 그 후 일방적인 학살이 시작되었다.

천천히 걸어나가면서 검을 휘두르고 베고 찌르고를 반복했다. 그 일련의 동작은 너무나 압도적이어서 오크가 마치 허수아비처럼 보일 뿐이었다.

더욱 많은 수의 오크들이 헬멘스를 둘러쌌지만 감히 접근할 수가 없었다. 그 강인했던 오크 추격대가 헬멘스 하나를 넘어서지 못하고 있었다.

오크 무리가 갈라졌다. 어둠 속에서 누군가가 걸어나왔다. 검은 오크 아다크였다.

헬멘스는 그 강대한 아다크를 보면서도 여유로웠다.

그를 향해 손가락을 까딱였다. 아다크는 열이 받았는지 커다란 울음소리를 내며 헬멘스에게 달려들었다.

아다크의 도끼가 엄청난 속도로 헬멘스를 향해 압박해 들어왔다. 헬멘스는 화려한 몸놀림으로 도끼를 피하며 아다크를 베어냈다. 그러나 아다크는 불멸의 존재였다.

"베는 맛이 없는 놈이로군."

헬멘스의 말이 나지막하게 울려 퍼졌다.

아다크가 소리치자 오크들이 다시 달려들었다. 헬멘스는 오크들을 베어내고 아다크를 상대했다. 아다크의 눈에 검을 박아 넣었지만 아다크는 죽지 않았다.

아다크의 도끼가 헬멘스의 갑옷을 뚫고 가슴에 박혔다. 아무리 헬멘스라고 해도 죽지 않는 존재를 상대하는 것은 무리로 보였다. 아다크가 눈에서 검을 뽑고는 헬멘스를 노려보았다.

기이하게도 아다크의 눈은 회복되지 않았다.

아다크가 광분하며 헬멘스를 난자하려는 순간이었다.

"죽지 않는 게 고통이 될 거야. 내 무덤에 갇히거라."

헬멘스가 주먹으로 바닥을 내려쳤다. 헬멘스의 모든 힘이 방출되며 고성 엘루나를 무너뜨렸다. 떨어지는 거대한 잔해를 바라보는 아다크의 표정에 공포가 서렸다.

시원하게 웃으며 죽어가는 헬멘스와 함께 아다크는 엘루나의 잔해 속에 영원히 갇혀 있어야 했다.

"컷! 오케이!"

짝짝짝!

크리스틴 잭슨 감독이 그렇게 외치자 주변 모두가 박수를 쳤다.

건우는 긴 숨을 내쉬며 자리에서 일어났다.

물론 엘루나가 무너지는 건 CG가 입혀져야 나오는 이야기였다.

건우의 촬영이 모두 끝났다.

에란과 제시카가 어디서 준비했는지 꽃다발을 가지고 와 건우에게 건네주었다.

건우는 덤덤한 표정이었는데 오히려 크리스틴 잭슨 감독이 눈시울을 붉혔다.

'끝났군.'

감정을 추스르기까지 조금 시간이 걸렸다. 실제로 죽음을 앞둔 것처럼 연기했고, 그러한 몰입 덕분에 요정왕 헬멘스로서 죽음을 맞이했기 때문이다. 감정을 추스르는 동안 건우는 전생에서 죽을 때의 기억이 어렴풋이 떠올랐다.

고개를 크게 젓고 나서야 몰입에서 깨어났다.

'조금 아쉽긴 한데.'

이렇게 촬영이 끝나니 시원섭섭했다. 처음부터 다시 찍는다면 조금 더 잘할 수 있는 부분이 많았다. 그래도 최선을 다했고, 깨달음도 많이 얻었으니 후회는 없었다.

다들 축하해 주고 있었는데, 모두 건우의 연기가 주는 여운에 빠져 있었다. CG가 입혀지지 않은 연기는 실제로 보면 우스꽝스러울 때도 많았지만 건우의 경우에는 전혀 그렇게 느껴지지 않았다. 마치 요정왕 헬멘스가 품고 있는 마음을 실제로 마주하는 것 같았기 때문이다.

"다들 모이자고!"

크리스틴 잭슨 감독이 그렇게 외치자 배우들과 스태프들이 건우를 중심으로 모였다. 건우의 오른쪽에는 엘프들이 자리했고 왼쪽에는 스테판과 드워프들이 자리 잡았다. 그리고 드워프 뒤에는 이안이 지팡이를 들고 섰다. 그리고 갑옷을 입은 오크들이 주위에 섰고 다른 배우들도 자리 잡았다.

크리스틴 잭슨 감독은 건우의 오른편에 섰다.

"음! 모두 진지하게 포즈 좀 잡죠!"

크리스틴 잭슨 감독이 주변을 둘러보다가 그렇게 말했다.

그러자 모든 배우들이 각자 진지한 포즈를 잡았다. 건우도 한 껏 거만한 자세를 취했다.

사진 촬영이 끝나자 크리스틴 잭슨 감독이 오늘 촬영의 끝을 알렸다.

크리스틴 잭슨 감독이 건우를 바라보며 웃었다.

"건우, 이제 분장은 안 해도 되겠네."

"그건 마음에 드네요."

"그럼 끝까지 잘 부탁해."

"네, 알겠습니다."

건우의 촬영은 없었다. 그러나 무술 자문에 이름을 올리고 있으니 촬영장에 꾸준히 나와야 했다. 딱히 할 일도 없었고 영화의 완성도를 위한 일이었으니 건우는 좋게 생각하고 있었다.

건우는 조금은 아쉬운 마음으로 소품을 반납했다. 소품에도 정이 들어버려 꼭 친한 친구와 헤어지는 것 같은 기분이 들었다.

건우는 아쉬움을 털어내려 일부러 크게 웃었다.

*   *   *

건우의 촬영이 끝난 후 2주 뒤에 모든 촬영이 마무리되었다. 배우로서의 촬영은 완전히 끝났지만 건우는 크리스틴 잭슨 감독과 조금 더 같이 시간을 보냈다.

후반 CG 작업, 영상 편집, 사운드 삽입 등 많은 작업이 남아 있었는데, 잭슨 감독이 액션과 관련된 부분에서는 조나단과 건우의 의견을 구했기 때문이다.

뉴질랜드의 CG 전문 업체는 세계 최고 수준이었다. 특히 론타 디지털은 그중에서도 특출났는데, 이번 '골든 시크릿' 1부는 물론이고 2부, 3부 역시 CG 작업을 맡을 예정이었다. 라인 브라더스 픽처스도 만만치 않았지만 뉴질랜드에서 전부 촬영을 할 것이니 아예 론타 디지털이 담당하기로 한 것이다. 물론, 크리스틴 잭슨 감독이 전권을 가지고 모든 것을 지휘했다.

건우는 CG 작업 상황을 둘러보았는데, 생각보다 더 신기했다. 아예 새로운 세상을 창조하고 있다고 봐도 무방했다. 배경부터 캐릭터까지 폭 넓은 작업이 이루어지고 있었다.

아티스트들과의 작업은 건우에게 많은 영감을 주었다. 그들은 왜인지 건우의 의견에 열정적으로 귀를 기울였는데, 건우는 그로 인해 동작 시범까지 여러 차례 보여줘야만 했다. 건우의 그런 시범은 그들의 작업에 아주 많은 영향을 끼쳤다.

아무튼 여러 영화 지식들을 쌓을 수 있었던 의미 있는 시간이었다. 이후에 영화를 찍을 때도 많은 도움이 될 것 같았다.

건우는 다른 배우들보다 늦게 LA로 돌아왔다. 외부에 전혀 알리지 않고 빠르게 일정을 잡아 돌아온 것이라 마중 나온 사람은 없을 거라 생각했는데, 의외로 기자들과 팬들이 꽤나 많이 있었다.

인파를 피해 집으로 돌아온 건우는 대외적으로 휴가를 가졌다. 건우가 미국으로 돌아왔다는 것이 알려지자 여러 제의들이 쏟아져 들어왔지만 건우는 영화가 개봉할 때까지 활동을 할 계획이 없었다. 영화 개봉에 맞춰서 여러 행사들이 있을 테니 그때부터 스케줄을 잡을 예정이었다.

후반 작업이 워낙 길어서 건우는 꽤 긴 휴가를 보내고 있었다. 대외적으로 휴가라고 말하고 있기는 한데 그 실상을 들여다본다면 전혀 휴가가 아니었다. 건우는 쉬고 있지 않았다.

사고 이후부터 수련에 박차를 가했다. 영화 촬영을 하느라 정체되어 있었지만, 넉넉한 시간이 있는 지금이 경지를 확 올리기에 적절할 시기였다. 뉴질랜드의 대자연을 보고 조금 더 자신을 객관적으로 볼 수 있는 시간을 가진 것도 아주 큰 도움이 되었다.

'세맥을 정비할 차례이군.'

건우는 휴가 기간 동안 화경의 경지를 위한 기반을 다질 예정이었다. 내공이 많이 부족했지만 기반을 닦는 것에는 무리가 없을 것이다.

내공의 문제도 시간이 지나면 자연스럽게 해결이 될 것이다. 건우의 내공은 계속해서 불어나고 있었다. 시간이 지날수록 가속도가 붙고 있었는데, 아무리 냉정하게 생각해 봐도 전설 속에 나오는 심법조차 이에 비교할 수 없을 정도였다.

건우가 익힌 무공의 진면목이 드러나고 있었다.

건우는 연기이기는 했지만 죽음을 또 한 번 경험했다. 워낙 몰입이 되어 실제로 죽는 것 같은 느낌을 받았는데, 그랬기 때문인지 전신의 잠재력이 깨어난 것을 느꼈다.

건우는 조금씩 드문드문했던 기억이 돌아오고 있음을 깨달았다. 더 높은 경지로 간다면 기억을 완전히 찾을 수 있을 것 같았다.

고통만이 가득한 기억이었지만 그 속에서 진주처럼 빛나는 행복한 추억들이 분명히 존재했다. 건우는 기억을 완전히 되찾는다면 지금 자신이 가지고 있는 모든 의문이 풀릴 것을 확신했다.

'확실히 보통 무공이 아니야.'

하오문에서 익힐 법한 무공이라 치부했지만 그것은 사실이 아니었다. 죽을 당시에도, 그리고 현생에서 무공을 익힐 때까지도 몰랐다.

그가 끝까지 지키고자 했던 사람이 장난식으로 알려준 무공이었다. 건우는 그녀에게 아무것도 묻지 않았다. 죽는 순간까지도 말이다.

'마교에게 죽은 것은… 어쩌면 이 무공 때문일지도 모르겠군.'

건우는 그렇게 생각했다.

죽음.

분명 두렵게 느껴지는 단어였다. 그러나 건우는 전생에서 죽음을 맞이할 당시에 그런 느낌을 받지 못했다. 오히려 따듯한 감정을 느끼면서 웃으면서 죽었다.

건우는 기억하고 있었다. 언젠가 다시 만날 수 있을 거란 희망만은 간직하고 있었다. 아무것도 기억하지 못할 테지만 기억보다 진한 감정이 영혼 속에 남아 있을 거라고 확신했다.

죽음을 앞두고 웃을 수 있던 이유였다.

'시간은 충분하니 천천히 준비하자.'

건우는 여유가 있었다. 기반을 다져놓기에 충분한 시간이었다. 세밀한 기의 컨트롤이 필요했으므로 조그마한 탁기라도 영향을 끼칠 수 있었다.

건우는 화식을 끊고 생식 위주로 식단을 짰다. 현대에는 영양제라는 아주 훌륭한 영약이 있었기 때문에 몸의 균형이 상할 우려는 없었다.

건우의 일과는 혹독했다. 세맥 속에 남아 있는 기운을 일깨우기 위해 내공을 전혀 쓰지 않으며 지칠 때까지 몸을 움직였다. 그 훈련 강도는 보통 사람의 상상을 초월한 것이었다. 애니메이션이나 영화에서나 나올 만한 광경이었지만 안타깝게도 건우의 모습을 그 누구도 지켜볼 수 없었다.

직접 본다고 해도 믿기 힘들 것이다.

건우는 세 달 동안 고행에 가깝게 자신을 몰아붙였다. 고통을 참는 건 익숙한 일이었다. 오히려 수련 성과에 대한 기대 때문에 즐거웠다. 그런 성격이 아니었다면 결코 견디지 못할 훈련이었다.

내공은 더욱 불어나 40년 내공 수위에 이르렀다. 무림의 역사를 뒤져봐도 유례없을 정도로 빠른 속도였다. 어려서부터 각종 영약을 처먹고 절세의 무공을 익힌 마교의 교주조차 이 정도는 아닐 것이다. 현대 문명과 건우의 직업, 그리고 무공의 특성이 절묘하게 맞아떨어진 성과였다.

건우는 창고의 바닥에 가부좌를 틀고 앉았다. 그동안 빠짐없이 깨운 기운들이 느껴졌다. 기감이 극도로 민감해져 주위의 기척들이 모두 느껴졌다. 저 멀리에서 서성이는 남자들, 나무 위에 있는 새들, 그리고 바닥을 기어 다니는 벌레에 이르기까지 모든 기척이 느껴졌다.

건우는 기운을 컨트롤하며 기틀을 다졌다. 임, 독맥이 타통되면 전신의 세맥을 전부 뚫을 수 있는 준비가 된 것이다. 그 것만으로도 내부를 깨끗하게 만드는 작용을 할 수 있었다.

말은 쉬워 보이지만 무척이나 고된 길이었다. 괜히 화경을 인외의 경지라고 하는 것이 아니었다. 전생의 깨달음이 없었다면 주화입마에 빠져도 이상하지 않았을 것이다.

건우는 꿈틀거리는 내력을 진정시키며 때를 기다렸다. 한순간에 폭발시키며 세맥의 탁기를 뽑아낼 생각이었다. 그렇게 꼬박 이틀 동안 가부좌를 틀고 앉아 있었다.

오랜 고요함 속에서 건우가 눈을 떴다.

콰아아아!

한순간에 기운이 방출되며 주변의 물건을 사방으로 날려버렸다. 커다랗고 무거운 물건들도 예외는 아니었다. 세워져 있던 드럼통이 치솟아 천장에 박혔다.

"후우!"

건우의 숨결을 따라 검은 탁기가 뿜어져 나왔다. 피부에서도 탁한 색의 오물이 맺혀 나왔는데, 입고 있던 트레이닝복에 찐득하게 묻어 엉망이 되어버렸다. 내력이 섞인 오물이라 아예 옷이 삭아버릴 것 같기도 했다. 두 번 다시 못 입을 옷이 되어버렸다.

그러나 옷 따위는 전혀 신경이 쓰이지 않았다.

건우는 전신을 따라 꿈틀거리는 강대한 기운에 만족스러운 미소를 지었다. 내력을 뿜어내니 건우의 주변에 기로 된 막이 펼쳐졌다. 호신강기 수준은 되지 않더라도 몸을 보호해 줄 수준은 되었다.

바닥에 있던 못을 집고 자신의 손을 내려쳐 보았다.

키잉!

호신지기에 막혀 피부를 뚫지 못했다. 이 정도라면 날붙이는 물론 작은 구경의 총탄 정도는 무난하게 방어할 수 있을 것 같았다.

'무림에서는 당연한 것이었는데… 현대에서는 만화 캐릭터 수준이겠지.'

건우에게서 은은하게 뿜어져 나오는 기운은 이전보다 훨씬 맑았다. 몸에 붙은 오물을 씻어내고 오랜만에 거울을 보니 어느덧 절정고수의 풍모가 비치고 있었다.

지금 당장 무림에 떨어져도 몸을 지킬 수 있는 수준은 되었다. 무인으로서의 자신감을 되찾은 순간이었다.

'화경까지는 멀고도 긴 걸음이 되겠군.'

인생은 기니 조급해할 필요는 없었다. 이 정도의 경지를 되찾은 것도 기적에 가까웠으니 말이다.

건우는 옷을 갈아입고 다시 차고로 와보았다.

"으, 음……."

차고는 엉망이었다. 벽이 박살 나 있었고 바닥에 균열이 가득했다. 전구는 모조리 깨져 버려 불이 들어오지 않았다. 폭격이라도 맞은 것 같은 모습이었다. 제대로 수리를 해주고 떠나야 했다.

"건우 씨, 계십니까?"

매니저의 목소리가 들려왔다. 그는 열쇠를 가지고 있었기에 언제든지 들어올 수 있었다. 그러고 보니 현관에 벨이 울렸던 것 같기도 했다.

건우는 차고의 문을 여는 스위치를 눌렀다.

끼 기기기긱!

비틀거리면서 차고가 열리기 시작했다. 그래도 문은 정상인 것 같아 안심하고 있을 때였다.

콰앙! 후두두둑!

갑작스레 내려앉더니 커다란 문짝이 앞으로 쓰러져 버렸다. 차고 안 기계 부품들은 비 오듯이 떨어졌고 주변은 엉망진창이 되어버렸다. 딱 봐도 차고의 문은 회생 불가능한 상태였다.

"무, 무슨 일입니까?"

매니저가 허겁지겁 뛰어왔다. 매니저는 난장판이 된 창고를 보더니 눈이 동그랗게 떠졌다. 그리고 곧 경악 어린 표정으로 바뀌었다.

"지, 지진? 아, 아니, 폭발이라도 있었던 건가요?"

"아니요. 그… 음……."

건우는 살짝 뒤를 바라보았다. 무슨 변명을 해야 할 지 난감했다. 드럼통이 천장에 박혀 있었고 바닥은 폭탄이라도 맞은 것처럼 여기저기 균열이 가 있었다. 벽을 반쯤 박살 낸 것은 망치, 톱, 그리고 공구 테이블이었다.

"어젯밤에 강풍이……."

텅! 쿠웅!

천장이 갈라지며 무너져 내렸다.

"…심하게 불어서요."

"다, 다치신 곳은요? 집도 붕괴 위험이 있을 것 같은데 호텔로 옮기시는 것이 좋을 것 같습니다."

"아니에요. 이 차고만 유난히 약하더라구요."

"그럼 다행입니다만……."

매니저의 표정은 심각해 보였다. 건우가 몇 번이고 화제를 돌리고 나서야 간신히 본래 표정으로 돌아왔다.

"음, 건우 씨, 이런 말은 실례입니다만, 키가 좀 큰 것 같고… 뭔가 피부에서 빛이 나는 것 같은데요?"

"그런가요? 요즘 운동을 좀 했더니 그런 것 같군요."

"그런 수준이 아닙니다만……."

건우는 매니저의 말에 웃어 보일 뿐이었다. 매니저는 감탄하며 넘겼다.

"그런데 무슨 일이지요?"

"영화 관련해서 스케줄이 있어서요. 전화도 받지 않으시고

문자를 남겼는데도 연락이 없으셔서 와봤습니다."

"죄송합니다. 좀 바쁘게 지내서……."

건우는 사과했다. 매니저도 웃어 넘기고 다른 말은 하지 않았다.

건우가 휴가를 가진 지 벌써 몇 달이 흘렀다. 영화는 후반 작업에 박차를 가하고 있었는데, 라인 브라더스 픽처스 관계자들이 덜 완성된 영화를 보고도 무척이나 감동했다는 말을 전해왔다. 건우의 연기를 보고 감동한 관계자들이 건우를 사석에서 만나고 싶다고 요청했지만 매니저가 정중히 거절했다고 한다.

'최선을 다했으니 그 정도는 되어야지.'

건우는 매니저의 말에 고개를 끄덕이면서 납득했다. 그런 반응이 이제 건우에게는 어색하지 않았다. 아마 감동의 눈물을 줄줄 흘렸으리라.

건우는 상쾌하게 웃었다.

"라인 브라더스 픽처스에서 공식 예고편 공개를 코믹콘에서 한다고 합니다."

"코믹콘?"

코믹콘이라는 이름은 들어봤지만 어떤 것인지 자세히는 몰랐다.

매니저는 건우에게 코믹콘을 설명해 주었다.

샌디에이고 코믹콘 인터내셔널

캘리포니아 주 샌디에이고에서 개최되는 만화, SF, 판타지 영화 중심의 북미 최대 엔터테인먼트 전시회였다. 세계에서 두 번째로 큰 규모를 자랑하고 있다고 한다. 일본에 코믹마켓이 있다면 미국에는 코믹콘이 있다고 할 정도로 전 세계 서브컬처 마니아가 주목하는 행사였다.

2000년대에 이르러 할리우드 영화 산업까지 참여하여 한층 규모가 커졌다고 한다.

매년 여름에 열렸는데, 올해는 시기가 상당히 늦춰졌다.

"마니아들의 축제지요. 히어로물이나 SF 장르 영화가 개봉할 때면 찾는 것이 관례가 되어가고 있습니다."

"그렇군요."

"건우 씨가 참여한 '골든 시크릿'도 코믹콘에서는 상당히 유명하다고 합니다. 관련 굿즈 상품은 아주 고가에 거래가 되고 있기도 하구요."

"꽤 자세히 아시는군요."

건우가 묻자 매니저는 살짝 웃었다.

"제 아내를 만난 곳이 코믹콘이었습니다. 그때 아내는 갤럭시 워즈의 아리아나 황녀 코스프레를 하고 있었지요. 아! 저는 다른 배우 매니저로 간 것이었습니다."

"하하, 운명적인 만남이네요."

"아내가 아이를 가지지 않았다면 올해도 갔을 겁니다. 벌써부터 저한테 구매 리스트까지 만들어주더군요."

매니저는 은근슬쩍 아내 자랑을 하면서 핸드폰에 저장해 놓은 옛 사진을 보여주었다. 아리아나 황녀의 복장을 입은 그의 아내는 아름다웠다. 매니저가 한눈에 반할 만했다.

들어보니 꽤 재미있는 행사 같았다. 주연배우들뿐만 아니라 크리스틴 잭슨 감독도 참여하니 건우도 빠질 수는 없었다. 건우는 '골든 시크릿'에서 가장 사랑받는 요정왕이었으니 말이다.

"재미있겠네요."

"네, 그렇게 스케줄을 잡겠습니다. 그리고 아직 이른 이야기이기는 합니다만 영화 홍보차 해외 방문도 있을 겁니다."

"그러고 보니 한국에서 영화를 개봉할 때면 해외 스타들이 내한을 하곤 했지요."

할리우드 스타들이 한국을 방문할 때면 TV뉴스나 연예 관련 프로그램에 꼭 등장을 했다. 영어를 잘하는 개그맨이나 연예인이 가서 인터뷰를 하곤 했는데, 단골 멘트는 역시 두유 노우 김치 시리즈였다. 중국에 방문했을 때도 느꼈었지만 기분이 묘했다.

"축하드립니다. 이제는 반대되는 입장이네요."

건우는 매니저의 말에 웃었다. 내한 일정도 잡혀 있다고 하니 기분이 아주 색다를 것 같았다. 할리우드 스타들과 함께 한국으로 돌아가는 것이니 말이다.

금의환향.

그렇게 표현해도 되지 않을까?

6. 엘프 소녀와 코믹콘

긴 휴가를 마치고 드디어 첫 공식 일정이 다가왔다.

건우의 개인 휴대폰으로도 엄청나게 많은 전화가 왔는데, 건우가 일일이 답장하기도 힘들 정도였다. 건우가 묻지 않았음에도 여러 정보통이 관계자들의 반응을 알려주었다.

〈판타지 영화의 역사를 새로 쓸 작품이 될 것이다〉

〈'골든 시크릿'! 그 위대한 시작!〉

〈영화를 지배하는 요정왕의 위용!〉

아직 예고편이 공개되기 전이었지만 기사로도 은근히 나가기 시작했다. 비밀은 아니었다. 원작이 있는 시점에서 스포일러 걱정이 전혀 없었다. 은밀히 홍보용으로 흘린 티가 확실히 났다.

라인 브라더스 픽처스가 보내온 최근 5년의 시간 동안 내부적으로 이렇게 분위기가 좋은 적은 드물었다. 요 근래 작품은 대부분 재촬영을 한다던가, 다시 재편집을 한다던가 하는 등, 감독과의 불화가 이어졌다. 그렇게 완성된 작품이 흥행할 리가 없었다. 그러나 이번 '골든 시크릿'은 완성본이 아님에도 모두가 기립 박수를 쳤다고 한다.

크리스틴 잭슨 감독의 역량을 다시 한번 확인하면서, 건우와의 좋은 인연을 이어가야 한다는 의견이 지배적이었다.

30초짜리 티저 트레일러는 이미 공개가 되었고 이번 코믹스에서 공개되는 것은 첫 공식 예고편이었다. 배우들에게도 보여주지 않아서 상당히 궁금하기는 했다.

건우는 샌디에이고 컨벤션 센터로 향했다. 샌디에이고는 건우가 있는 LA와 가까웠다. 같은 캘리포니아주에 있었는데, LA에서 밑으로 쭉 내려가면 바로 샌디에이고가 나왔다.

건우는 예정 시간보다 더 빠르게 샌디에이고로 향했다.

언제 다시 미국에 올지 모르니 세계에서 손꼽히는 행사를 직접 경험해 보고 싶었기 때문이다. 이런 서브 컬처 쪽의 문화를 알아두는 것도 배우로서의 발전에 좋은 영향을 미칠 것 같았다.

"음, 건우 씨. 제가 따라다니면 구경하는 데 불편하시겠죠?"

"그렇지는 않습니다만… 혼자 가도 불편한 건 마찬가지 아닐까요? 보는 눈이 많아서……."

그러나 문제가 있었다. 건우의 얼굴은 이미 크게 알려져 있었다.

빌보드 신기록, 요정왕, 그리고 사고 영상 덕분에 미국 내에서도 모르는 사람이 없다고 해도 과장은 아닐 것이다. 특히 이곳, 코믹콘에서는 더더욱 그러했다.

미리 오기는 했지만 역시 대놓고 구경을 하는 것은 불가능했다. 사람들에게 둘러싸여 이동조차 못 할 것이 당연하게 예상되었다. 아무리 건우가 무공 실력이 뛰어나다고는 해도 투명 인간이 될 수는 없었기 때문이다.

'인피면구라도 있으면 좋았을 텐데.'

마교에서는 사람의 얼굴 가죽을 이용해서 만든다는 소문이 있기는 하지만 정파 쪽에서는 돼지가죽을 이용해서 만들었다. 인피면구 장인이 만든 인피면구의 경우에는 실제 얼굴이랑 분간이 잘 안 갈 정도였다. 웬만한 고수가 아니고서는 꿰뚫어 볼 수 없었다.

얼굴 외형을 변경하는 무공도 있었는데, 대성하지 않고서는 더 부자연스러울 때가 많았다. 건우는 안타깝게도 인피면구도 없었고 그러한 무공을 알고 있지도 못했다.

무척이나 아쉽지만 차량 안에서 둘러보던가 해야 할 것 같았다. 건우의 그런 마음을 아는지 매니저가 씨익 웃었다. 건우는 그 모습이 대단히 든든하게 느껴졌다.

"그럴 줄 알고 준비해 온 것이 있습니다. 제 아내 작품이지요."

매니저는 가지고온 커다란 가방에서 무언가를 꺼냈다. 머리 전체를 가리는 헬멧이었는데 DN 코믹스에 나오는 실버맨의 헬멧이었다.

번쩍번쩍 빛나는 것이 꽤 멋있었다. 정교하게 만든 기계의 느낌이 났다. 영화 소품이라고 해도 믿을 정도로 고퀄리티였다.

"통풍도 잘됩니다."

"이 정도면 영화 소품보다 더 좋은 것 같은데요? 아내분께서는 뭐 하시는 분이셨나요?"

"저도 전직 FBI 요원이었다는 것밖에 모릅니다."

"아… 그렇군요."

무언가 사연이 많아 보이는 매니저와 그의 아내였다.

건우는 매니저의 아내를 떠올려 보았다. 사고 이후, 뉴질랜드로 가기 전에 이야기를 나눈 적이 있었는데 아름답기도 했지만 날카로운 기도를 가지고 있었다. 건우는 그때 매니저가 잡혀서 살겠구나라고 생각했는데, 그런 모습은 전혀 없었고 둘이 너무 알콩달콩해서 질투와 거리가 먼 건우도 짜증이 날 정도였다.

건우는 헬멧을 착용해 보았다. 약간 묵직했지만 그리 신경 쓰이지는 않았다. 옆에 있는 버튼을 누르니 헬멧에 파여진 선을 따라 푸른 불빛이 들어왔다.

"오, 멋지네요. 어라? 음성변조도 되네요?"

옛말에 덕 중의 덕은 양덕이라는 말이 있었다.

건우가 보기에 이 헬멧은 돈 주고도 못 사는 아이템인 것 같았다.

자신의 목소리가 기계음으로 바뀌어서 제법 신기했다. 음 공을 섞어 쓴다면 굉장한 소리가 나올 것 같았다.

"하핫, 그럼 저도 개인적으로 돌아다니겠습니다. 살 게 많거든요."

매니저는 코믹콘 자체에 흥미가 있다기보다는 아내가 좋아할 모습을 생각하며 행복해하고 있었다.

건우는 커다란 밴에서 내렸다. 검은색 밴은 눈에 잘 떠어서 그런지 시선을 모았지만 다가오는 이들은 없었다. 그리 흔한 차량은 아니었지만 대놓고 구경할 정도는 아니었다.

건우에게 시선이 모였다. 그러나 건우를 알아봐서 쳐다본 것은 아니었다. 코스튬이 아닌 평범한 차림에 실버맨의 헬멧을 끼고 있으니 눈에 확 띄었기 때문이다. 오히려 평범한 차림과 더 잘 어울려 일상이라는 컨셉으로 코스프레를 한 느낌이 났다.

"신선한데?"

컨벤션 센터 주변으로 가니 만화나 영화, 또는 게임에 나오는 인물로 코스프레를 한 많은 사람들이 보였다. 건우도 알고 있는 캐릭터들도 꽤 있었고 정체를 알 수 없는 캐릭터들도 많았다. 코스프레를 한 사람들이 서로 어울리며 돌아다니고 있었고, 일부는 사람들과 사진을 찍고 있었다.

'다양하네.'

우주복을 입고 있는 사람들, 쫄쫄이 타이즈를 입고 있는 사람들도 있었고 로봇 같은 것도 보였다. 퀄리티가 엉망인 것도 많았지만 건우가 감탄하며 눈을 떼지 못할 정도로 사실적인 것도 많았다.

구경하는 것만으로도 시간이 훅훅 지나갔다.

"오! 실버맨!"

"실버맨인가!"

"DN 유니버스 지구4의 그레이트 실버맨 일상 버전?!"

"원작 구현에 대단히 충실하군! 오오! 저 디테일을 보게나!"

우주복을 입은 무리들이 다가왔다. 레이저 총 같은 것도 들고 있었는데, 꽤 복장과 잘 어울렸다. 갤럭시 워즈의 저항군 복장이었다. '갤럭시 워즈' 시리즈는 꽤 유명해서 건우도 알고 있었다. SF 영화는 '갤럭시 워즈'와 '유니버스 트랙'이 양대 산맥으로 꼽혔다. 두 영화는 서로 라이벌이라 팬들끼리의 논쟁이 이어지곤 했다.

"같이 사진 찍어요."

"아, 네."

"오! 목소리 봐! 멋지다! 오오! 포즈도 부탁해요!"

"포즈요?"

건우가 고개를 갸웃하자 우주복을 입은 남자가 기묘한 포즈를 잡았다. 건우는 잠시 머뭇거리다가 따라했다. 그러자 주변에서 감탄하는 소리가 들려왔다. 건우는 조금 황당했지만 어울려 주었다.

바로 건물 안으로 들어가지 않고 주변을 둘러보았다. 다양한 차림의 사람들을 보는 것도 재미가 있었다. 건우는 핸드폰을 꺼내 사진을 찍었다.

나중에 자신의 팬사이트에 올려도 괜찮을 것 같았다. 사고가 나기 전에 팬사이트에 글을 올린 후에 한 번도 방문한 적이 없었으니 말이다. 그 때문에 조금 섭섭하다는 소리가 나오고 있었다.

"와! 실버맨."

꼬마 하나가 건우의 앞에 다가왔다. 꼬마도 분장을 하고 있었는데 귀가 길쭉했다. 엘프들이 입을 법한 옷을 입고 있었다. 약간은 어설펐지만 꼬마가 굉장히 귀여워 티가 나지 않았다. 건우를 반짝이는 눈동자로 바라보던 꼬마가 앞주머니에서 주섬주섬 수첩과 펜을 꺼냈다.

"사인해 주세요! 실버맨!"

꼬마가 건우에게 수첩을 내밀었다. 꼬마의 안색은 창백했다. 무척이나 기운이 없어 보였다. 그럼에도 미소는 무척이나 맑았다.

건우는 꼬마를 바라보다가 피식 웃었다. 수첩을 받아들고 사인을 해주었다.

"이름이 뭐니?"

"소피아예요!"

"그래?"

건우는 그가 새로 만든 사인을 해줬다. 그 모습을 소피아가 신기하게 바라보았다.

건우가 해준 사인은 미국에 오면서부터 새롭게 만든 사인이었다. '골든 시크릿' 촬영의 영향 때문인지 한글에서도 엘프어 분위기가 났다. 실제로 건우는 가상의 언어인 엘프어를 마스터했다. 상당히 아름다웠는데 '건우 엘프체'라고 이름 붙여도 괜찮을 것 같았다.

E팀 배우들이나 관계자들에게만 사인을 해주고 가끔씩 트레이닝 센터의 직원에게 해줬을 뿐이었다. 건우의 사인은 SNS에 올라오면서부터 상당히 많은 관심을 받았다.

'골든 시크릿' 티저가 나온 이후 그 가치가 엄청나게 치솟았다고 하는데 소피아가 그런 사실을 알 리가 없었다. 건우도 몰랐다.

"와! 고맙습니다!"

엄청 좋아했다. 절로 미소가 지어졌다. 소피아가 소중한 보물을 대하는 것처럼 조심스럽게 수첩을 주머니에 넣었다. 꼬마는 다시 반짝이는 눈으로 건우를 바라보았다. 건우는 자세를 낮추어 꼬마와 시선을 맞추었다.

"실버맨, 아저씨는 진짜 기계예요?"

"그래."

"와!"

건우는 헬멧에 있는 버튼을 눌렀다. 그러자 헬멧의 일부가 갈라지며 빛이 번쩍였다. 확실히 보통 물건이 아니었다. 그걸 본 소피아가 엄청 좋아했다.

"저는 오늘 요정왕님 보러 왔어요!"

"그래? 요정왕은 성격이 나쁜데 괜찮겠어?"

"그래도 멋지잖아요."

"그렇긴 하지."

"실버맨도 좋아요!"

'골든 시크릿' 원작은 어린아이가 읽을 만한 작품이 아니었다. 아마도 소피아는 코믹북으로 접했으리라. 건우는 주위를 두리번거리며 소피아의 부모님이 어디 있는지 찾았다.

"어떻게 온 거니? 부모님은?"

"헤헤, 오늘 생일이라서 아빠가 데리고 와줬어요. 원래는 안 되는데……"

소피아의 얼굴이 어두워질 때였다.

"오크가 부순다! 오크가 지배한다!"

"오크! 오크! 우아아아!"

거대한 오크들이 몰려왔다. '골든 시크릿'의 분장에 비하면 어설펐지만 그래도 준비를 열심히 했는지 꽤 볼만해서 주목을 끌었다. 과장이 섞인 위협적인 모습에 소피아가 겁을 먹지 않을까 했지만 예상은 정반대였다.

"아빠! 실버맨이 사인해 줬어요."

오크가 다가와 번쩍 소피아를 안아 올렸다. 엘프 아이와 오크들이 모여 있는 모습은 굉장히 인상적이었다. 주변에 있던 사람들도 사진을 찍기 바빴다. 그들은 시선을 즐기며 멋지게 포즈를 취했다.

소피아도 손을 흔들었다.

'오크 아빠와 엘프 딸이라.'

'골든 시크릿'에서는 절대 볼 수 없는 조합이었다. 아빠와 딸이 동시에 '골든 시크릿'의 팬인 것 같았다.

저 멀리서 엘프 코스프레를 한 이들이 몰려오더니 꽤 시끄러운 분위기를 만들었다.

'골든 시크릿'은 이미 오래 전부터 코믹콘의 상당 부분을 점령하고 있었다, SF 영화에 '갤럭시 스타'와 '유니버스 트랙'이 있다면 판타지는 무조건 '골든 시크릿'으로 통했다.

이번 코믹콘은 특히 '골든 시크릿' 팬들이 대거 몰려와 있었다. 바로 '골든 시크릿'의 공식 예고편이 공개가 된다는 소문이 돌았기 때문이다. 배우들도 참여한다고 하니 소문은 거의 사실로 확정되어 있었다.

"요정왕을 경배하라!"

엘프 쪽에서 어설프게 분장한 요정왕이 나왔다.

나름 원작 구현을 충실히 하려고 노력을 한 모양이었지만 역시 외모가 심하게 딸렸다.

요정왕의 등장으로 꽤 재미있는 구도가 되었다. 엘프와 오크들이 싸우려는 자세를 잡았다.

오크 아빠에게 안겨 있던 소피아가 인상을 찡그리며 요정왕으로 분장한 사람을 바라보았다.

"아빠! 저거 가짜지? 가짜 싫어!"

소피아의 목소리가 꽤 크게 들렸다. 요정왕은 민망한지 헛기침을 하더니 엘프들과 함께 후다닥 사라졌다. 소피아의 안색이 조금 더 창백해진 것 같았다. 건우는 걱정이 되었지만 아빠가 곁에 있으니 괜찮을 것이라 생각했다.

"실버맨! 잘 가요!"

"그래!"

건우는 소피아에게 손을 흔들어준 후 건물 안으로 들어갔다.

"오!"

안에는 여러 행사장이 있었다.

대단히 큰 규모였다. 처음 보는 낯선 광경에 건우는 감탄했다. 밖에서 돌아다니는 사람들보다 훨씬 퀄리티가 높은 분장이 많았고 영화에서 막 나온 것 같은 거대한 구조물도 있었다. 이곳에 있으니 정말 미국에 관광 온 것 같은 기분이 되었다.

제일 먼저 사람들이 자유롭게 굿즈를 파는 곳으로 가보았다. '골든 시크릿' 구역으로 가보았는데, 다양한 상품들을 판매하고 있었다. '골든 시크릿'을 그린 코믹스 작가들이 직접 와서 코믹북을 판매하고 있었다.

모두 줄이 길게 늘어져 있었다.

'골든 시크릿'은 똑같은 이야기이기는 하지만 작가별로 다른 버전의 코믹북이 발매가 되어 있었다. 팬들 사이에서는 어느 작가 버전의 '골든 시크릿'을 더 높게 평가해야 할지 늘 논쟁거리였다. 극적인 타협을 보았는데, 요정왕의 아름다움을 더 잘 그린 작가의 작품을 제일 높게 치고 있었다.

'이 줄은 유난히 기네.'

한 작가가 있는 줄이 무척이나 길었다. 건우는 드워프 분장을 한 사람에게 다가가 물었다.

"이 줄은 인기가 많네요? 뭘 파나요?"

"오, 실버맨? 아! 스톤 브러쉬 작가가 이번에 영화 버전으로 그린 한정판 코믹북을 판다고 하더군요. 영화에도 직접 참여하셨다고 해요!"

건우는 스톤 브러쉬 작가를 자세히 바라보았다. 크리스틴 잭슨이 소개할 때 잠깐 본 작가였다. '골든 시크릿'의 컨셉 아트 작업에 메인 아티스트로서 참여했고, 요정왕의 소품을 전체적으로 디자인하기도 한 아티스트였다.

자신을 보고 나서 몽롱한 표정을 짓고 있었기 때문인지 확실하게 기억에 남아 있었다.

'영화 버전이라……'

얼핏 보니 라인 브라더스 픽처스 로고가 찍혀 있었다. 영화 홍보용으로 사전 협의가 된 모양이다. 건우는 진열되어 있는 상품을 구경했다.

'응? 내 피규어인가?'

아직 제대로 예고편이 공개되기 전인데도 건우의 모습을 본뜬 피규어가 만들어져 있었다. 아마 돌아다니는 이미지를 보고 만든 것 같았다.

건우는 생각보다 요정왕이 훨씬 인기가 많은 캐릭터임을 느낄 수 있었다. 영화를 찍을 때는 그저 인기가 좀 있는 캐릭터구나라고 생각할 뿐이었는데, 지금 보니 인기의 수준은 거의 열광에 가까웠다. 아니, 열광을 넘어 거의 종교였다. 주변에서 들리는 이야기를 들어도 요정왕에 대한 이야기가 반 이상이었다.

'이제야 부담이 되는 건 다행인가?'

영화 촬영이 모두 끝나고 나서야 부담이 되기 시작한 건우였다. 시간이 조금 더 남아 건우는 여기저기 돌아다니면서 구경했다.

게임 쇼가 한창인 곳으로 가보았는데 건우도 알고 있는 게임이 있었다.

오락실에서 많이 해본 대전 게임이었다.

재미있는 이벤트를 열고 있었다. 5연승을 하면 초청 고수와 대결을 할 수 있는 기회를 주었다. 고수와의 대결은 이벤트전이었고 5연승만 해도 꽤 좋은 상품을 주었다.

'상품이 게임기네. 참가해 볼까?'

진희가 게임을 좋아했던 기억이 났다. 리온도 그런 편이었지만 오히려 진희 쪽의 전문 지식이 더 풍부했다. 상품으로 주는 게임기는 한정판이라고 한다.

건우는 참가 신청서를 내고 순서를 기다렸다. 건우의 차례가 되자 조이스틱을 잡았다. 조이스틱의 감촉이 상당히 좋았다. 지금의 자신은 그 누구에게도 질 것 같지 않았다.

처음에는 가볍게 참가했지만 점점 의욕이 치솟기 시작했다.

"오오!"

"5연승?"

"랭커인가?"

피지컬이 인간을 벗어난 터라 건우는 가볍게 5연승을 하고 초청 고수와의 대결을 하게 되었다.

누구도 건우의 승리를 예상하지 않았다. 그만큼 상대가 압도적인 강자였기 때문이다.

건우의 승부욕은 대단했다. 일단 승부에 들어가면 주변 상황이 보이지 않게 몰입을 하는 경향이 있었다. 방향키를 조작하고 버튼을 누르는 솜씨는 인간의 수준이 아니었다.

결국 어마어마한 반사 신경으로 압도해 버렸다.

"억! 제프가 졌어!?"

"3년 연속 랭킹 1위를 유지한 제프가 퍼, 퍼펙트 스코어로 지다니……!"

"누, 누구야! 저 실버맨!"

"저 기계 같은 손놀림… 정말 실버맨이란 말인가!"

"인간이 아니야! 기계야! 진짜 실버맨이 나타났어!"

체력이 한 칸조차 달지 않은 퍼펙트 스코어로 이긴 터라 주변 사람들을 경악에 빠뜨려 버렸다.

시선이 부담스러워진 건우는 상품을 받고 바로 빠르게 빠져나왔다. 홀연히 나타나 도저히 인간의 피지컬으로는 실현 불가능한 새로운 콤보를 선사해 주고 간 실버맨은 전설이 되었다.

슬슬 시간이 다 되어 건우는 매니저와 다시 합류했다. 매니저는 두 손 가득 상품들을 들고 있었다.

"많이 샀네요?"

"네. 올해는 풍년이더군요. 즐거우셨습니까?"

"재미있었어요. 오늘 행사도 기대되는군요."

"아! 잠시만요!"

매니저는 들고 있던 종이 팩을 뒤적거리더니 코믹북 하나를 꺼냈다. 라인 브라더스 픽처스 로고가 그려져 있는 '골든 시크릿' 외전이었다.

스톤 브러쉬가 그린 인기작이었다.

"이거 구하느라 힘들었습니다. 사인 좀 해주실 수 있나요?"

"네, 엘프어로도 해드릴까요?"

"오! 그게 가능합니까? 그럼 둘 다 해주시면 정말 감사하겠습니다."

건우는 코믹북에 사인을 해주었다. 한글로 사인 하나를 해주고 그 밑에 엘프어로 자신의 이름과 함께 요정왕 헬멘스라고 적었다. 소장 가치가 엄청난 코믹북이 되는 것은 조금 시간이 지난 미래의 일이었다.

건우는 실버맨 헬멧을 벗고 행사장의 대기실로 이동했다. 코믹콘의 스태프들은 대부분 이런 문화를 좋아하는 사람들이라 그런지 건우를 보자마자 감동에 젖은 눈빛을 보내왔다.

메인 행사장은 수많은 관객석이 있었고 단상까지 마련되어 있었는데, '골든 시크릿'의 행사장의 규모가 가장 컸다. 올해 코믹콘에서 가장 큰 관심을 받고 있는 것은 역시 '골든 시크릿'이었다. 다른 영화도 참여했지만 규모에서부터 두 배 이상 차이가 났다.

대기실로 들어가니 스테판과 에란, 그리고 다니엘, 이안이 보였다. 그리도 다른 주연급 배우들도 있었다. 건우가 들어오자 모두의 시선이 건우에게 집중되었다.

상당히 오랜만이라 반가운 마음이 들었다.

에란이 먼저 건우에게 다가왔다.

"건우!"

"잘 지냈어?"

"응. 연락 좀 하지 그랬어."

"미안. 할 일이 많아서."

에란은 반가운 마음이 대단히 컸는지 건우를 보자마자 눈물까지 글썽였다. 스테판도 환하게 웃으며 다가왔고 다니엘도 마찬가지였다. 다른 주연배우들도 건우에게 인사를 건넸다.

이안이 건우를 보더니 감탄했다.

"오! 건우! 못 본 사이에 더 멋있어졌군. 자네 얼굴에서 빛이 나니 이제는 눈도 못 마주치겠어."

"하하, 이안 씨도 젊어지셨네요. 제 또래라고 해도 믿겠어요."

"허허허! 요새 젊게 살고 있다네. E팀의 배우들이랑 요새 같이 수련 좀 하고 있는데 효능을 좀 보는 모양이야."

건우의 말에 이안이 크게 웃으며 말했다. 촬영이 끝난 후에도, 에란을 중심으로 E팀 배우들은 정기적으로 모여서 수련을 한 모양이었다. 이안도 같이 시작한 듯 보였다.

에란은 더욱 예뻐진 것 같았다. 누가 봐도 엘프 공주였다. 잠시 담소를 나누고 있을 때 크리스틴 잭슨 감독이 대기실로 들어왔다.

"오! 모두 모였네요!"

크리스틴 잭슨 감독은 잔뜩 흥분해 있었다. 밖에 어마어마하게 많은 사람들이 몰려와 있는 걸 보고 온 모양이었다. 크리스틴 잭슨 감독이 직접 무대 위에서 배우들의 이름을 호명하고 소개해 준다고 한다. 호명하는 순서대로 무대 위로 오르면 되었다.

이번 코믹콘 행사도 크리스틴 잭슨 감독이 전체적인 틀을 짰다고 한다.

"그럼 복장을 갈아입지요!"

"복장이요?"

건우가 크리스틴 잭슨 감독의 말에 되묻자 그는 고개를 끄덕였다.

"역대 최고로 많은 팬들이 모였는데 조금이라도 팬서비스를 해줘야 하지 않겠어?"

그의 말에 건우는 고개를 끄덕였다.

크리스틴 잭슨 감독은 분장팀을 아예 데리고 왔다. 영화 촬영을 할 때처럼 분장을 하는 것이 아니라 가볍게 복장을 갈아입고 귀를 붙이는 정도였다. 라인 브라더스 픽처스에서는 홍보도 대단히 신경 썼는데, 이런 팬서비스도 그에 속했다.

건우는 물론이고 배우들도 모두 흔쾌히 그 제안을 받아들였다. 배우들은 가볍게 분장을 하고 무대 뒤로 향했다.

예고편이 먼저 공개가 된 후에 크리스틴 잭슨 감독과 배우들이 무대 위에 오르고 행사가 시작될 예정이었다.

'기대되네.'

공식 예고편이 어떻게 나왔는지 기대가 되었다. 티저 트레일러는 솔직히 아무것도 보여준 것이 없었기 때문이다. 무대 뒤에서도 스크린이 보였기에 건우는 집중해서 스크린을 바라보기 시작했다.

다른 배우들도 마찬가지였다.

스크린에 숫자가 떴다. 카운트다운이 시작되고 있었다. 예고편을 공개하는 데 군이 저렇게까지 할 필요가 있나 싶지만 반응이 장난 아니었다.

"5! 4! 3! 2!"

팬들의 목소리가 행사장을 가득 울렸다. 숫자를 외치는 팬들의 목소리에는 흥분이 가득 담겨 있었다. 그 열기가 건우에게 전해져 피부가 전기에 감전된 것처럼 찌릿찌릿했다. 크리스틴 잭슨 감독도 팬들과 같이 외치고 있었다.

"1!"

카운트다운이 모두 끝나고 주변 조명이 모조리 꺼졌다. 거대한 스크린에 라인 브라더스 픽처스의 로고가 떠올랐다.

"와아아아아아!"

"오오오!"

전과는 비교도 할 수 없는 함성이 울려 퍼졌다. 마치 지진이라도 난 것처럼 바닥이 울렸다.

그 함성을 들으니 팬들이 얼마나 이 영화를 기다려 왔는지, 그리고 얼마만큼 기대를 하고 있는지 알 수 있었다.

영화화가 결정되기까지 정말 오랜 기다림이었다고 한다. 게다가 이런 저런 불미스러운 일도 있어서 팬들의 가슴을 철렁

이게 하기도 했다.

건우는 고개를 돌려 옆을 바라보았다.

그 열정적인 함성 소리에 감동한 크리스틴 잭슨 감독과 배우들의 모습이 보였다.

모두 정말 열심히 촬영하고 연기했다.

배우도 그랬지만 감독과 스태프들의 고생이 심했다. 그것은 지금도 현재진행형이었다.

'모두를 만족시켜 줄 영화가 나왔으면 좋겠네.'

건우는 진심으로 그렇게 생각하며 스크린에 집중하기 시작했다.

＊　　　＊　　　＊

'골든 시크릿'의 팬들에게 이번 코믹콘은 축제 그 자체였다. 드디어 '골든 시크릿'의 예고편이 공개되는 날이기도 했고 배우와 감독이 직접 코믹콘에 찾아와 팬들과 소통하는 날이었다.

에단은 '골든 시크릿'의 골수팬이었다. 본래 그의 집에는 원작 소설, 코믹북은 물론 '골든 시크릿' 관련 물품이 가득했다. 그런 에단의 영향을 받았기 때문인지 딸 소피아도 '골든 시크릿'의 광팬이 되어버렸다.

이제 9살이 된 딸이었는데, 그의 서재에서 몰래 코믹북을 훔쳐보더니 올해는 코믹콘까지 따라왔다.

코믹북과 어렵게 모은 '골든 시크릿' 물품들은 모두 처분했다. 딸의 병원비를 위해서였다.

하지만 딸이 가장 좋아하는 '골든 시크릿' 외전 요정왕과 셀라 공주 코믹북은 도저히 팔 수 없었다.

소피아는 희귀 질환에 여러 가지 합병증에 걸렸는데, 병원비가 상상을 초월했다. 수술을 받는다면 조금 상황이 나아질 수 있겠지만 그가 감당하기에는 너무 벅찬 수술비였다. 사별한 아내를 생각하면 마음이 미어졌지만 딸을 위해서라도 그는 그 어느 것도 포기할 생각이 없었다.

에단은 딸의 생일을 맞아 딸의 소원을 이뤄주기 위해 뛰어다녔다. 다행히 소피아의 사정을 안 의사가 코믹콘 현장까지 동행해 주었다.

"아빠! 저기! 외계인이 있어!"

"음, 저건 갤럭시 워즈의 사악한 제국군이란다."

"그럼 없애 버리자!"

"하하! 그래."

오크로 분장한 에단과 엘프 모습인 소피아의 모습은 이색적이었다. 소피아는 에단이 봐도 귀여웠다. 동글동글한 얼굴과 엘프 귀는 상당히 잘 어울렸다. 창백한 얼굴이 안쓰럽기는 하지만 귀여움을 가릴 수는 없었다.

여러 캐릭터들을 보며 좋아하는 모습은 지나가던 이들의 발걸음을 멈춰 세웠다. 소피아의 모습은 벌써 SNS를 통해 퍼져 화제가 되어가고 있었다.

에단은 신나서 돌아다니는 소피아를 따라 다니면서 '골든 시크릿' 행사를 기다렸다.

"아빠! 이거 봐."

"오! 멋진데?"

소피아가 귀여웠는지 주위 사람들이 이것저것 챙겨주었다. 소피아가 에단에게 보여준 것은 유명한 원화가가 그려서 화제가 되었던 요정왕의 그림이었다.

스톤 브러쉬.

미국 최고의 원화가를 꼽으라면 꼭 다섯 손가락 안에 들어가는 사람이었는데, 여성 엘프만 그리는 이상한 취향을 가진 원화가였다.

그런데 그 원화가가 이번에 요정왕 헬멘스를 그렸는데, 현재까지 알려진 모든 요정왕 그림 중에서 제일로 꼽혔다. 이건우를 보고 그렸기 때문이다.

'티저도 멋졌지. 소피아가 참 좋아했는데……'

티저 영상에 요정왕 헬멘스의 뒷모습이 살짝 비쳤을 뿐이지만 모든 팬들은 열광했다. 관련 커뮤니티가 폭발했고 기대가 점점 올라갔다. 정말 딱 홍보에 알맞은 티저 영상이었다.

'꼭 만나게 해주고 싶은데……'

아직 영화가 개봉하지 않았음에도 이건우는 '골든 시크릿' 팬들에게 신성불가침의 영역에 있는 인물이었다.

'골든 시크릿'의 팬이 아닌 사람들이 이상하게 볼 수도 있지만, 문제는 '골든 시크릿'의 팬이 엄청나게 많다는 점이었다.

이건우와 관련된 물품을 사들이고 있는 재력가들도 상당했다. 라인 브라더스 픽처스의 트레이닝 센터 홍보 팜플렛에 해준 건우의 사인이 경매로 나왔는데, 1만 달러에 낙찰될 정도였다. 10달러로 시작되었는데 '골든 시크릿' 팬들이 대거 참여하면서 1만 달러까지 치솟은 것이다.

건우가 엘프어로 한 사인도 있다는 소문이 돌고 있었는데, 많은 재력가들이 물밑 접촉을 하고 있다고 한다. 희소성을 떠나 소장하고 싶어 하는 이들이 많았다.

일반 사람들이 기이하게 볼 정도로 '골든 시크릿' 팬들은 요정왕이라는 존재 자체에 열광하고 있었다. 요정왕 역의 경쟁률이 엄청났던 이유 중 하나였다.

소피아가 갖고 싶어 하는 요정왕 관련 상품이 금방 동이 나는 바람에 사지는 못했다. 에단은 조금 낙담했지만 티는 내지 않았다.

딸은 코믹콘에 온 것 자체가 꿈인 것처럼 좋아했다. 한창 뛰어놀 나이에 병원에만 있었으니 꿈같이 느껴지는 것이 당연한 일이었다.

"검은 오크가 있어!"

"그렇구나."

"징그럽다. 헤헤."

소피아는 귀여운 캐릭터나 공주 캐릭터보다도 요정왕이나 검은 오크 같은 것을 좋아했다.

'부디 셀라 공주처럼 건강해졌으면…….'

에단은 간절히 바라고 바랄 수밖에 없었다. 슬프지만 그가 할 수 있는 일은 그것뿐이었다.

드디어 기다리고 기다렸던 '골든 시크릿' 행사 시간이 다가 왔다. 미리 순번표를 끊어놓은 덕분에 무대와 가까운 곳에서 지켜볼 수 있었다.

엄청나게 많은 사람들이 몰려와 있었다. 에단처럼 코스프레를 한 사람이 상당히 많았다. '골든 시크릿'의 팬들은 유난히 코스프레를 좋아해서 다른 행사장과 크게 비교가 되었다.

에단의 주위만 해도 엘프와 드워프, 그리고 오크들이 가득했다. 퀄리티의 차이는 있었지만 그들이 가진 '골든 시크릿'에 대한 사랑의 크기는 똑같았다.

"와아! 트롤이 있어!"

"조심해, 소피아를 잡아먹을지도 몰라!"

"으엑!"

에단의 말에 소피아가 살짝 움츠러들었다. 조금 무서워하는 기색을 보이다가도 곧 다시 반짝이는 눈동자로 트롤에게 시선을 옮겼다.

조명이 어두워지더니 스크린에 숫자가 떠올랐다. 사람들이 어마어마한 함성을 지르며 다 같이 카운트다운을 했다. 겁을 먹을 만도 한데 소피아는 신이 나서 같이 숫자를 외쳤다.

에단과 소피아는 초롱초롱한 눈으로 스크린을 바라보았다. 드디어 예고편이 공개되는 순간이었다.

라인 브라더스 픽처스의 로고가 떠오르는 순간 다시 한번 함성이 들려왔다. 그러나 예고편이 시작되자 쥐 죽은 듯이 조용해졌다.

평화로운 음악이 흘러나왔다. 황금 산맥에 몰래 들어간 좀 도둑이 비열한 웃음을 지으면서 곡괭이를 들었다. 황금 산맥은 황금 천지였다. 바닥을 파면 황금빛 가루들이 일렁였다.

[오오!]

도둑은 바닥을 파다가 엄지만 한 황금 덩어리를 발견했다. 도둑이 황금 덩어리를 태양에 비추어보았다. 찬란하게 빛나는 황금은 굉장히 아름다웠다.

멍하니 바라보는 순간 그림자가 졌다. 도둑이 깜짝 놀라 뒤를 바라보았다.

[오, 오크······.]

서걱!

도둑의 몸이 쓰러졌다. 그의 눈에 마지막으로 황금 산맥 앞에 있던 도시가 불타는 것이 보였다. 화면이 검게 물들었다.

[가장 찬란할 때 어둠이 찾아온다. 그대는 준비되었는가? 여행자여.]

검은 화면에서 황금빛으로 일렁이는 글귀가 나왔다.

눈을 감고 있던 현자가 무언가를 느낀 듯 지팡이를 들고 일어났다.

[사악한 목소리··· 그가 깨어났군.]

현자의 목소리가 떨렸다. 현자는 거대한 산맥을 바라보았다.

[대지의 일족 드워프여. 우리의 힘든 여정이 이제 시작 될 것이네.]

드워프 도두한 리가 나무 위에서 떨어졌다.

[으으아악! 트, 트롤이다! 으, 으윽! 뭐, 뭐야! 꿈?]

현자는 도두한 리의 모습을 보며 고개를 설레 저었다. 그리고는 지팡이를 흔들자 물 덩어리가 도두한 리에게 쏟아졌다.

[뭐, 뭐 하는 짓이오!]

[그대를 위한 축복일세. 자! 가세나!]

[어디로 간단 말이오?]

[가시나무 숲으로.]

[에엑!? 그런 말은 못 들었는데! 그 오만방자하고 자기 밖에 모르는 고집불통 요정왕에게 죽고 싶은 거요?]

드워프가 질겁하는 순간 다시 화면이 바뀌었다.

바라운이 오크에게 쫓기고 있었다. 말을 몰고 마구 달리다가 가시나무 숲 앞에서 멈춰 섰다. 바라운은 난감한 표정이었다. 뒤에는 수많은 오크, 앞에는 절대 들어가면 안 될 가시나무 숲이 있었다.

[젠장, 오크의 똥 같은 인생이군.]

가시나무 숲의 모습이 나왔다.

바라운은 처절하게 오크와 싸웠다. 예고편이다 보니 단편적으로 나왔음에도 그 처절함이 느껴졌다. 스테판을 구해준 엘프 공주 셸라의 모습이 등장하자 환호 소리가 터져 나왔다.

"와아!"

"오오!"

이로서 주인공들의 모습이 모두 나온 것이다. 단 한 존재만 제외하고 말이다.

엘븐스의 풍경이 비추었다. 에단과 소피아는 물론이고 스크린을 보는 모든 사람들이 감탄했다. 그만큼 아름다운 광경이었다. 갑옷을 입고 있는 엘프가 옆에 있는 매혹적인 엘프에게 그렇게 물었다.

[공주님이 나간 사실을 폐하께 아직 들키지 않은 것 같습니다. 만약 들킨다면……]

[…폐하께서는 모르시는 것이 없으시다.]

화면이 어두워졌다. 음악이 절정을 향해 치닫고 있었다. 고개를 숙이고 있던 누군가의 모습이 서서히 드러났다. 가시나무를 형상화한 왕관을 쓰고 누구보다 화려한 복장을 하고 있는 엘프였다.

그러나 그 화려한 복장은 결코 눈에 들어오지 않았다. 그 존재 자체가 너무나도 눈부셨기 때문이다.

요정왕 헬멘스.

드디어 그가 모습을 드러낸 것이다.

그를 보고 만든 여러 원화는 지금 압도적인 존재감을 보여 주고 있는 저 완벽한 헬멘스를 전부 표현해 내지 못했다.

스크린에 비치는 헬멘스의 모습은 모든 사람들이 잠시 숨을 멈추게 만들 만큼 아름다웠다. 하지만 그들은 아름다운 모습을 순수하게만 즐길 수 없었다.

숨이 조금 가빠질 정도로 공기가 무겁게 느껴졌기 때문이다.

[모조리 죽여라.]

단 한 마디였다. 헬멘스는 차가운 얼굴로 그 한마디를 내뱉었다. 소름이 끼쳤다. 절로 무릎이 꿇려질 것 같은 위압감이 느껴졌다. 요정왕 헬멘스가 경멸이 섞인 시선으로 정면을 바라보았다. 관객들은 마치 스크린 밖의 자신들을 바라보는 것 같은 느낌에 짜릿한 기분을 느꼈다.

헬멘스가 그대로 몸을 돌리자 화면이 어둠으로 물들었다.

그렇게 짧은 예고편이 끝났다.

잠시 정적이 가라앉았다. 모두 그대로 굳어 움직이지 않고 있었다.

"와……."

"와아아아!"

환호 소리가 터져 나왔다. 모두 일어나 기립 박수와 함께 환호 소리를 내질렀다.

"아빠! 진짜 요정왕이 나왔어! 엄청 멋져!"

"그렇지! 근데 검은 오크가 더……."

"아니야! 요정왕이랑 결혼할래!"

"허억. 안 돼! 음? 으음……."

절망적인 소리였다. 그러나 냉정하게 생각해 보면 그리 나쁜 이야기는 아닌 것 같기도 했다. 요정왕의 왕비가 된 딸의 모습을 상상해 보니 흐뭇하기도 했지만 섭섭하기도 했다. 그런 감정이 동시에 밀려들어 왔다.

"아픈 게 다 나으면 아빠가 한번 생각해 볼게."

"정말? 와아!"

무대에 조명이 켜졌다. 무대 위에는 긴 책상이 놓여 있었는데 각 자리마다 이름표가 붙어 있었다.

누군가 무대 뒤에서 걸어 나왔다. '골든 시크릿'이라는 글귀가 새겨진 티셔츠를 입고 있는, 뚱뚱한 체형의 사람이었다.

"와아아아!"

관객들은 그가 누구인지 단번에 알아차렸다.

"아빠! 드워프야?"

"영화의 감독님이란다."

"그게 뭐야?"

"이야기를 영화로 만들어주는 사람이야."

"와!"

에단이 환하게 웃으며 소피아의 머리를 쓰다듬어 주었다.

크리스틴 잭슨 감독이 무대 위로 올랐다. 급하게 올라오려다가 넘어질 뻔했는데 그 모습이 우스꽝스러워 주변 사람들이 크게 웃었다.

에단은 소피아와 함께 웃으면서 그 모습을 지켜보았다.

에단은 소피아를 끌어안았다. 해맑은 표정의 소피아와 다르게 소피아를 바라보는 그의 눈시울은 붉어져 있었다.

＊　　　　＊　　　　＊

건우는 크리스틴 잭슨 감독이 무대 위에 올라 울먹이는 걸 볼 수 있었다. 에란 로비와의 불륜설, 라인 브라더스와의 불화, 그리고 레이먼 진스의 사고.

저 자리에 서기까지 마음고생이 심했던 크리스틴 잭슨 감독이었다. 그 고생이 커다란 박수와 환호로 보답받으니 감회가 남다를 수밖에 없었다.

건우는 웃으면서 무대를 지켜보았다.

"하하! 감사합니다. 저 아시죠? '골든 시크릿'의 감독을 맡고 있는 크리스틴 잭슨입니다. 이 자리에서 예고편을 공개할 수 있어 정말 기쁩니다."

그는 가볍게 소감을 말했다. 크리스틴 잭슨의 말에 환호를 보내며 호응해 주었다.

"그럼! '골든 시크릿'에서 머나먼 여정을 온 중간계의 영웅들을 소개하겠습니다!"

크리스틴 잭슨 감독이 직접 배우들을 소개해 주었다. 확실히 영화 복장을 입고 간단하게나마 분장을 한 것이 큰 호응을 얻고 있었다. 배우들이다 보니 가볍게 꾸며도 스크린을 찢고 나온 것 같은 모습이 되었다.

방금 예고편을 봤기에 더더욱 그런 느낌을 받았으리라.

건우는 팬들을 보고 놀랄 수밖에 없었다. 감동의 눈물까지 흘리고 있는 팬들이 꽤 많았기 때문이다. '골든 시크릿'은 건우가 생각했던 것보다 훨씬 더 큰 사랑을 받고 있었다.

잭슨 감독이 호명할 순서에서 건우는 맨 마지막이었다.

다니엘이 호탕한 웃음을 터뜨리며 무대 위에 올랐고 드디어 건우 차례가 되었다. 가벼운 마음으로 왔지만 저런 호응을 보니 마음가짐을 바로잡아야 할 것 같았다. 영화배우로서 관객들과의 만남이었다.

건우는 진지한 표정으로 내력을 끌어 올렸다.

"정말 저에게 많은 도움을 주었고, 개인적으로도 많은 힘을 준 배우입니다. 누구보다도 이 중요한 배역을 잘 소화했다고 저는 확신합니다."

"와아아아!"

건우의 이름이 나오기 전부터 관객들이 흥분하며 소리를 질렀다. 코스프레를 한 팬들이 자리에서 일어났다. 특히 엘프로 분장한 이들이 그러했는데, 주위에 있던 관객들도 모두 자리에서 일어났다.

여기에 모인 이들은 모두 '골든 시크릿'의 극성팬이었다. 마치 약속이라도 한 듯이 모두 기립해서 요정왕을 맞이할 준비를 했다.

장내가 쥐 죽은 듯이 조용해졌고 모두 진지한 표정이 되었다.

"요정왕 헬멘스! 이건우 씨입니다!"

드디어 건우의 이름이 울려 퍼졌다.

건우가 긴장 따위를 할 리가 없었다.

건우는 압도적인 존재감을 과시하며 무대 위로 걸어왔다. 건우의 걸음걸이에는 힘이 있었다. 그리고 우아했다.

전신에서 발산되는 기세는 이곳에 모인 팬들은 물론이고 코믹콘 스태프, 그리고 배우들까지 압도했다. 절정고수의 기도는 일반인들에게는 거대한 산을 보는 것 같은 느낌을 주었다.

건우의 모습은 예고편에서 봤던 것보다 훨씬 큰 충격을 주었다. 완벽한 요정왕의 수준이 아니라, 요정왕을 오히려 뛰어넘은 것 같은 모습이었다.

건우가 무대 위로 오르자 엘프 코스프레를 한 팬들이 그대로 무릎을 꿇었다. 공항에서도 본 광경이었지만 이번에는 그때와 분위기가 색달랐다.

배우들도 얼떨결에 무릎을 꿇을 뻔했다.

건우의 기운은 배우들을 다시 강제로 역할에 몰입되도록 만들었다. 수개월 동안 같이 촬영하느라 익숙해졌기에 배우들은 건우의 기세를 배역에 몰입해서 그런 것이라 생각하며 자연스럽게 여기고 있었는데, 이런 곳에서까지 촬영장의 느낌을 받으니 배우들의 기분이 묘해졌다.

"하하! 폐하께서 어려운 걸음을 하셨습니다. 어떠셨습니까?"

크리스틴 잭슨 감독이 그렇게 물었다. 사회를 봐주는 이가 있기는 했지만 지금은 크리스틴 잭슨 감독이 마이크를 쥐고 있었다. 대본 따위 없이 모든 상황이 즉흥적으로 이루어졌는데, 이런 것에 당황할 건우가 아니었다.

건우는 매우 오만한 표정이 되었다. 하찮은 것들을 보는 것 같은 시선으로 관객들을 바라보았다. 그 모습에 기분이 나빠할 이들은 이곳에 없었다.

"겐 샤로 타르시아."

건우가 엘프어를 하자 크리스틴 잭슨 감독이 당황했다. 크리스틴 잭슨 감독이 에란을 바라보았다. 에란이 살짝 웃으면서 나오더니 건우의 말을 해석해 주었다.

"눈 깔아라! 하찮은 것들, 이라고 하십니다."

"아… 아하하! 그렇군요."

건우의 엘프어는 품격과 힘을 동시에 가지고 있었다. 건우가 했기에 더욱 특별한 느낌이 났다.

반응은 뜨거웠다.

"엘룬! 헬멘스!"

"엘룬! 헬멘스!"

맨 앞줄에 있던 엘프 분장을 한 사람들이 엘프어로 외쳤다. '헬멘스에게 경배를'이라는 뜻이었다. 건우는 뒤로 물러나려다가 그 소리에 잠시 멈춰 섰다.

크리스틴 잭슨 감독이 공손한 태도로 건우에게 마이크를 가져다 대었다. 마치 신하라도 된 것 같은 모습에 관객들이 웃음을 터뜨렸다.

"벌레처럼 바글바글 몰려왔구나. 흠, 아량을 베풀 터이니 쓸모없는 몸뚱이로 짐을 기쁘게 하거라."

"와아아!"

"멋지다!"

순식간에 모두가 건우에게 매료되었다. 가벼운 연기였지만 모두 짜릿한 기분을 느꼈다. 온몸에 소름이 돋아 발을 동동 구르는 이들도 많았다. 건우는 웃으면서 배우들과 함께 관객들에게 인사를 하고 지정된 자리에 앉았다.

자리에 앉을 때까지도 열기는 전혀 식지 않았다. 오히려 더 불타올랐다.

사회자가 나와 단상에 섰다. 그는 미국에서 유명한 코미디언 게릭이었다. 본래는 그가 나오는 것만으로도 환호를 받아야 했지만 '골든 시크릿' 팬들이 모인 이곳에서는 지나다니는 돌 취급을 받고 있었다. 손을 흔들면서 등장했는데, 아무런 반응이 없어 민망해진 게릭은 헛기침을 하며 표정을 관리했다.

'긴장했나?'

건우는 그런 그를 바라보다가 시선을 돌렸다. 그가 누구인지 전혀 모르는 건우로서는 그가 초보 MC인 것 같아 조금 마음이 쓰였다. 게릭은 질문 리스트를 들고 있었다.

시간을 아끼고자 기자들의 질문을 미리 모아놓은 것이었는데, 진지한 분위기 속에서 질의응답이 이어졌다. 조금 지루할 수도 있는 질문이었음에도 관객들은 숨을 죽이면서 지켜보았다.

"가장 화제가 된 것은 역시 요정왕 헬멘스이지요. 감독님께서는 요정왕 헬멘스가 원작과는 조금 다른 캐릭터가 될 것이라고 말씀하셨었는데요. 많은 팬들의 우려가 있던 것은 사실입니다."

"네, 그랬죠."

크리스틴 잭슨 감독은 예전에 인터뷰에서 그렇게 말한 적이 있었다. 한창 건우의 캐스팅으로 소란스러울 때였다. 크리스틴 잭슨 감독이 인터뷰를 통해 그 소란을 진정시키려고 했던 것이다.

"하하! 오늘 공개된 예고편과 지금 이건우 씨를 보니 그런 우려는 기우였던 것 같습니다. 여러분 그렇죠?"

"네!"

게릭이 관객석을 바라보며 그렇게 말하자 관객들이 호응해 주었다. 조금 지루할 수 있는 분위기를 노련하게 잘 이끌어가고 있었다.

"지금 완성된 헬멘스는 어떻습니까?"

"당연히 원작과 차별적인 요소가 있습니다. 영화에 맞게 재해석해야 했으니까요. 그렇지만 감히 자신하건대 지금껏 보지 못한, 가장 아름다우면서도 압도적인 요정왕의 모습을 보실 수 있으실 겁니다."

크리스틴 잭슨 감독이 그런 자신감을 비췄다. 현장에 있는 모두가 고개를 끄덕일 수밖에 없었다. 예고편에 마지막 부분에 잠깐 나왔을 뿐이지만 모두에게 큰 충격과 감동을 선사해 주었기 때문이다. 게다가 지금 의자에 앉아 있는 건우는 요정왕 그 자체가 현신했다고 해도 믿을 정도의 아우라를 내뿜고 있었다.

질문이 이어졌다. 배우들에게 물었는데, 건우에 대한 주제가 아니었음에도 배우들은 일부러 건우의 이야기를 꺼내 건우를 칭찬했다.

"건우의 연기는 정말이지 어떻게 표현해야 할지 모를 정도로 환상적이었어요."

"처음에 저는 건우 씨의 연기에 두려움마저 들었습니다. 지금도 그때를 생각하면 손이 떨리네요."

"허허, 영화가 공개되면 할리우드에서 가장 유명한 배우 중 하나가 될 것 같습니다. 기회가 된다면 같이 또 작업해 보고 싶군요."

에란, 스테판, 그리고 이안의 말이었다. 건우는 그런 극찬에 조금 어색한 미소를 지었다. 어찌 보면 영화를 자화자찬하는 꼴이라서 부담스러웠다. 팬들의 기대치를 엄청나게 올려 버린 결과로 이어졌다.

"하하! 그러면 이건우 씨와 이야기를 해보도록 하겠습니다. 어휴! 남자에게 설렌 적은 없었는데… 건우 씨 혹시 저 아시나요?"

"네. 유명하신 분이시죠. 뵙게 되어 영광입니다."

"하하, 제가 이 정도입니다."

건우는 그를 잘 몰랐지만 전혀 티 나지 않게 대응했다.

"오디션 비화부터해서 많은 이야기가 있었는데요. 요정왕 헬멘스 역할을 하는 데 부담감은 없었습니까? 어떤 과정을 거치며 연기에 임했는지 궁금하네요."

"부담이 없었다면 거짓말이겠지요. 워낙 사랑을 받는 캐릭터이니까요. 소설부터 시작해서 현재까지 출간된 모든 코믹북을 다 읽었습니다. 그러나 지금까지의 고정된 이미지보다, 조금 더 영화만의 독창적인 요정왕을 연기하기 위해 여러모로 노력했습니다."

가벼운 질문은 아니었다. 건우는 진지하게 대답했는데 공손한 말투의 건우도 대단히 매력적이었다. 요정왕을 연기했을 때와는 다른 우아한 기품이 흘렀다. 이마저도 건우가 연기하고 있는 것이지만 게릭과 관객들은 알아차릴 수 없었다.

건우는 이곳에 모인 '골든 시크릿'의 팬들을 모두 자신의 팬으로 흡수하기 위해 노력하고 있었다.

훈훈한 분위기 속에서 질의응답 시간이 끝났다. 이벤트가 있다고 하는데 건우는 언질받은 내용이 없어 몰랐다.

게릭은 의미심장한 표정을 지었다.

"제 손에 있는 것이 무엇인지 아십니까?"

게릭은 품에서 포장된 카드 몇 장을 꺼냈다. 크리스틴 잭슨 감독과는 이야기가 되었는지 그는 알고 있는 눈치였다. 배우들도 궁금해서 게릭을 바라보았다.

"이것은 바로 마법의 티켓입니다. 어떤 마법인지 궁금하시지요?"

건우는 대충 무엇인지 감이 잡혔다.

"세계에서 가장 빨리 '골든 시크릿'을 볼 수 있게 해주는 티켓입니다."

"어? 와아아아!"

"오오오!"

엄청난 반응이 나올 수밖에 없었다.

그 티켓은 바로 처음으로 '골든 시크릿'이 상영되는 비공개 시사회 티켓이었기 때문이다. 조명을 받아 금빛으로 빛나는 시사회 티켓은 영롱 그 자체였다. 관객들의 눈에는 그 티켓이 마치 황금 산맥의 황금으로 만든 것처럼 보일 것이다.

총 10장이었는데 이곳에 있는 관객들에 비하면 굉장히 적은 숫자였다.

분위기가 달아올랐다.

"이 티켓을 어찌하면 좋을까요? 감독님."

"배우분들께서 결정하도록 하지요."

"그거 좋은 생각입니다."

게릭은 배우들에게 티켓을 나눠주었다.

건우는 두 장의 티켓을 받았다. 그냥 주는 것보다 조금 더 특별한 이벤트를 해주고 싶었다.

"음……."

건우는 티켓을 바라보다가 앞에 놓인 팬을 들고는 엘프어를 새겨 넣었다.

그런 건우의 모습이 스크린에 비추었다.

엘프어로 사인과 함께 '요정왕 헬멘스가 하사함.'이라고 적었다. 팬들이 보기에는 아주 고귀한 보물로 보였다.

"오! 좋은 생각입니다."

게릭이 건우의 행동에 엄지를 치켜들었다. 다른 배우들도 건우를 따라 모두 티켓에 사인을 했다. 그 모습을 지켜본 관객들은 더욱더 티켓을 갖고 싶어 할 수밖에 없었다.

이벤트가 시작되었다.

팬들의 질문을 받으며 배우들이 티켓을 나눠주기 시작했

다. 배우들의 기호에 따라 마음에 드는 질문, 예리한 질문을 한 팬들에게 나눠주거나 했는데, 다른 배우들이 티켓이 떨어질 때까지 건우의 티켓은 건우의 손에 들려 있었다.

앞자리에서 열성적으로 손을 들고 있는 소피아가 보였기 때문이다. 마치 학교에서 질문을 하는 것처럼 힘껏 손을 들고 있었다. 그러나 너무 체구가 작아 잘 눈에 띄지 않아 기회가 없었다.

'생일이라 했지?'

유난히 얼굴빛이 창백해 마음에 걸렸던 아이였다. 환하게 웃고 있었지만 슬퍼 보이는 눈동자가 건우의 뇌리 속에 아직도 남아 있었다.

건우가 마이크를 들자 관객들이 거의 모두 손을 들었다. 소피아는 아빠의 목에 올라타 손을 흔들고 있었다. 뺨에는 홍조가 가득했다.

"오크 목에 올라탄 엘프분."

건우가 소피아를 가리키며 말하자 소피아가 멍한 표정이 되었다가 함박웃음을 지으며 좋아했다. 건우는 그 모습에 미소가 절로 지어졌다. 배우들도 훈훈한 표정으로 소피아를 바라보았다.

스태프가 소피아에게 마이크를 건네주었다.

"아, 아아! 와!"

목소리가 크게 울리자 신기한 모양이었다. 소피아가 긴장한 듯 보였다.

건우가 소피아를 그런 소피아의 긴장을 풀어주려고 일부러 크게 웃으며 소피아를 바라보았다.

"편하게 말해보렴."

소피아가 망설이다가 마이크에 입을 가져다댔다.

"마법……."

"마법?"

"마법을 걸어주실 수 있나요?"

소피아의 표정은 진지했다.

"무슨 마법을 원하니?"

"요정왕님이 셀라 공주님에게 어릴 때 걸어준 마법이요! 저도 아픈 게 사라졌으면 좋겠어요."

건우는 잠시 말을 잊지 못했다. 배우들은 물론 관객들도 그러했다.

건우는 소피아가 말한 이야기를 잘 알고 있었다.

셀라가 어릴 때 가시나무 숲에서 크게 다쳤었는데, 사경을 헤매는 그녀를 요정왕이 마법으로 고쳐준 일화가 있었다. 원작 속 이야기가 아니라 코믹북으로 나온 외전이었다.

"안 되나요?"

소피아의 간절한 말이 들려왔다.

건우는 자리에서 일어나 소피아에게 다가갔다. 소피아에 앞에 있는 관객들은 자리에서 일어나 길을 비켜주었다. 갑작스러운 상황이었지만 누구도 소란을 일으키거나 하지는 않았다.

건우가 소피아 앞에 무릎을 꿇고는 눈을 맞추었다. 소피아의 눈은 맑았다.

건우는 소피아의 어깨에 손을 올렸다. 내력을 움직여 내부를 관조해 보았다. 신체의 기운이 심하게 깨져 있었고 내부 곳곳에 탁한 기운들이 느껴졌다. 외과적 수술이 필요한 것 같은 부분도 있었는데, 그런 것까지 건우가 해결해 줄 수는 없었다. 다만, 심하게 약해져 있는 기운을 보충해 줄 수는 있었다.

'전생의 무공이었다면 힘들었겠지.'

지금 익히고 있는 무공이라면 가능했다. 얼마 전, 절정고수의 경지에 오른 것이 정말 다행이었다.

"게루 하론 디 갈디아."

코믹북에서 했던 것처럼 주문을 외웠다. 그러며 건우는 눈을 감고 집중했다. 일단 탁기들을 모두 흡수했다. 탁기의 양을 보니 소피아가 얼마나 고통을 받았는지 알 수 있었다.

건우의 깨끗한 내력이 소피아의 몸속에 깃들기 시작했다. 그것만으로도 창백했던 소피아의 얼굴에 활력이 피어났다. 집중하고 있는 건우의 모습은 신성하게까지 느껴졌다. 깨끗한 기운이 주변으로 발산되어서 주변 사람들도 상쾌함을 느끼고 있었다.

건우가 소피아의 어깨에서 손을 뗐다. 소피아는 놀란 듯 눈을 깜빡이며 건우를 바라보고 있었다.

"와아! 기운이 나는 것 같아요!"

좋아하는 소피아의 모습에 모두 훈훈한 미소를 지었다.

"강한 전사가 되겠는걸, 소피아."

"정말요? 어? 제 이름을 어떻게 알아요?"

소피아가 신기하다는 표정으로 건우를 바라보았다. 건우는 한차례 소리 내어 웃었다.

"요정왕이 모르는 것은 없단다."

"아! 그렇죠! 헤헤!"

"너는 반드시 건강해질 거야."

그렇게 말하며 건우는 소피아의 머리를 쓰다듬어 주었다.

"오늘 네 생일이지?"

"어? 맞아요."

"그럼 생일 선물을 줘야겠구나."

건우는 티켓 두 장을 꺼내 소피아에게 내밀었다.

'골든 시크릿'은 12세 이용가가 될 것이라고 들었으나 보호자가 같이 동반한다면 볼 수 있을 것이다. 소피아는 건우를 바라보다가 조심스럽게 티켓을 받았다.

"다음에는 오크 아빠 말고 엘프 아빠와 같이 오렴."

"흐윽……."

소피아가 눈물을 글썽였다. 건우를 끌어안고 참았던 눈물을 흘렸다. 건우는 소피아를 안아들고 자리에서 일어났다.

짝짝짝!

관객들이 박수를 쳐주었다. 눈물을 닦은 소피아가 환하게 웃으면서 티켓을 위로 들었다.

"와아아!"

"축하한다!"

관객들이 그렇게 외쳤다. 크리스틴 잭슨 감독은 물론 무대 위에 있던 배우들도 일어서 박수를 치고 있었고 에란은 눈물까지 글썽였다.

건우는 잠시 소피아를 토닥여 주다가 아빠의 품으로 보내 주었다. 오크 분장을 하고 있었지만 그의 표정이 느껴졌다. 눈이 붉게 충혈되어 있었다.

"감사합니다, 감사합니다."

소피아의 아빠가 울음을 참으면서 간신히 감사의 인사를 건넸다. 부녀의 모습은 어울리지는 않지만 보기는 좋았다. 건우는 다시 무대 위로 올라왔다. 무대 위로 올라올 때까지 박수는 끝나지 않았다. 크리스틴 잭슨 감독도 눈물을 글썽이며 건우를 향해 엄지를 치켜들었다.

박수가 잦아들자 에단이 마이크를 들었다.

"엘프 공주님의 쾌유를 기원합니다."

게릭은 짧은 멘트로 분위기를 정리했다. 티켓도 모두 소진되었고 더 이상 질문을 받을 분위기도 아니었다. 모두 이대로 끝날 것이라 예상했지만 남아 있는 순서가 있었다. 마지막 순서는 건우도 알고 있었다. 건우의 동의를 구했기 때문이다.

바로 건우가 마지막 촬영 때 불렀던 '헬멘스의 성전' 노래의 동영상 공개였다. 홍보용으로 쓰자는 말에 건우는 흔쾌히 수락했다.

건우는 '골든 시크릿'의 팬들이 어떤 반응을 보일지 기대가 되었다. 분명 아쉬워하지는 않을 것이다.

게릭은 씨익 웃으면서 관객들을 바라보았다.

"이대로 끝내면 섭섭하지요. 특별히 이 현장에서만 공개를 하게 되었습니다. 자자! 크게 소리 질러주세요!"

"와아아아!"

"으아아아!"

게릭은 노련하게 분위기를 이끌었다. 게릭은 만족한다는 듯 고개를 끄덕이고 스크린을 가리켰다.

"요정왕 헬멘스가 부릅니다."

조명이 어두워졌다. 관객들은 술렁이면서 스크린을 바라보았다.

"헬멘스의 성전!"

게릭이 그렇게 말함과 동시에 스크린에 기타의 모습이 비추었다. 후에 보정을 한 덕분에 기타 말고 다른 악기 소리들도 들어가 있었다.

아름다운 선율이 흐르자 관객들이 환호를 질렀다. 오늘 너무 많이 소리를 질러 목이 쉬어버린 관객들도 많을 것이다.

건우도 편집된 영상으로는 처음 보는 것이기에 집중해서 바라보았다.

'화면으로 보니 괜찮네.'

여러 가지 보정을 받았기 때문인지 환상적으로 보였다. 크리스틴 잭슨 감독이 아예 작정하고 편집한 티가 났는데, 잘 만들어진 뮤직비디오 느낌이 물씬 풍겼다.

건우의 노래가 시작되었다.

아름다운 목소리가 행사장에 울려 퍼지자 모두 넋이 나간 얼굴로 스크린을 바라보았다. 요정왕과 노래는 어울리지 않을 것 같았지만 영상 속에서 노래하는 요정왕은 그런 생각을 단번에 날아가게 만들었다.

중간계의 영웅들이 모여서 함께 부르는 노래는 격한 감동을 주었다.

"최후의 성전~"

"오오~"

관객들도 노래를 따라 부르기 시작했다. 떼창을 하는 모습은 크리스틴 잭슨 감독과 배우들에게 많은 감동을 주었다. 크리스틴 잭슨 감독은 핸드폰을 꺼내 그 모습을 담았다.

오늘은 '골든 시크릿' 팬들에게 있어서 그야말로 축제였다. 영화 개봉 전에 그들의 갈증을 해결해 주었고 기대감도 한층 더 끌어 올렸다.

'즐겁네.'

건우도 즐거웠다. 이렇게 좋아하는 사람들을 보는 것은 쉽지 않은 일이니만큼 그 모습을 보니 기분이 좋을 수밖에 없었다. 그들에게서 뿜어지는 밝은 감정의 색채들이 건우의 눈에 보였다.

그렇게 건우의 첫 코믹콘 방문은 뜨거운 반응 속에서 막을 내렸다.

7. 중간계의 영웅들

코믹콘 이후 인터넷에서는 난리가 났다. 특히 코믹콘에 참여한 건우의 모습이 인터넷에 퍼져 뜨거운 반응을 얻었다. 요정왕의 현신 그 자체, 아니, 원작을 뛰어넘는 모습이었기 때문에 관심은 더욱 폭발적으로 늘어났다.

건우의 사진으로 인해 '골든 시크릿'에 관심이 없던 사람들도 영화에 많은 관심을 가지게 되었다. 사실 한국에서는 '골든 시크릿'이 그렇게 많이 알려진 편이 아니었는데, 건우 덕분에 많은 사람들이 알게 되었다. 건우가 할리우드 영화에서 주연급 배우라는 소문에 '골든 시크릿'의 코믹북이나 소설을 일부러 찾아본 이들도 상당했다.

건우의 말이 안 나올 정도로 환상적인 모습은 은밀하게 '골든 시크릿'을 덕질해 오던 한국 팬들의 마음에도 불을 지폈다. 이제는 당당히 요정왕 헬멘스를 찬양하고 다닐 수 있게 되었다.

현재 한국 대형 커뮤니티 사이트에서 화제가 되고 있는 글이 있었다.

제목: 코믹콘 직관 후기

글쓴이: 나랑결혼헬멘스

이번 코믹콘 직관러임.

본인은 유학생이 아님. 1년 동안 알바해서 비행기 타고 코믹콘 보러 간 거임ㅋ.

입구부터 엄청났음. 역시 양덕은 장난이 아님.

[사진 첨부: 갤럭시 워즈 저항군.jpg]

진짜 영화에서 튀어나온 줄. 저 레이저 건은 직접 만들었다는데 막 소리도 남.

카메라 들고 있으니까 막 불러서 찍고 가라고 함ㅋㅋ. '갤럭시 워즈' 찍으니까 저쪽에서 '유니버스 트랙' 애들이 와서 막 따짐ㅋㅋ. 우주 전쟁 나는 줄ㅎ.

아무튼 내 첫 목표는 골드 시크릿 한정판 외전이었음. 세계 최고의 엘프 덕후 스톤 브러쉬가 건우님 버전으로 직접 그렸다고 함. 이 양반은 진짜 덕질의 끝임ㅋㅋ. 코믹북 퀄리티가 무슨 아티스트 원화집인 줄ㅋㅋ.

안으로 들어가려는데 엄청 웃긴 장면 발견했음.

[실버맨과 엘프 그리고 오크.jpg]

실버맨이 엄청~ 엄~ 청 귀여운 꼬마랑 놀다가 오크들에게 습격당함ㅋㅋㅋ. 엘프들이 구하러 옴ㅋㅋ.

실버맨 퀄리티 미쳤음. 헤드기어가 막 분리되고 빛이 번쩍임. 덕중의 덕은 양덕이라는 걸 실감함. 이 양반들은 진심 미쳤음ㅋㅋㅋ.

실버맨 엄청 신기해서 같이 사진 찍음.

[실버맨과 같이.jpg]

[스톤 브러쉬 코믹북 인증샷.jpg]

5시간 기다려서 삼. 줄 개길엄ㅋㅋ. 스톤 브러쉬 아저씨 생긴 거는 완전 영화배우임. 한국에서 왔다고 하니까 여러 가지로 더 챙겨줌ㅋㅋ.

'한국, 그곳이 바로 요정왕의 나라입니까?' 이랬음. 진짜임ㅋㅋㅋ.

그래서 내가 그렇다고 하니까 '근데 너는 요정왕의 나라에서 온 드워프이니?' 이럼ㅋㅋㅋ. 망할 놈ㅋㅋ.

아무튼 당연히 '골든 시크릿' 메인 행사에 참여함. 이거 보

려고 진짜 일 년 동안 개처럼 벌었음ㅋㅋ

사람 엄청 많음. 엘프랑 오크랑 드워프도 다 모임ㅋ. 무슨 중간계 정모인 줄.

진짜 정신없이 봤다. 영어 좀 되서 다행이라고 생각함.

결론은? 진짜 후회 없엉ㅋㅋ. 아니, 기회가 있다면 백 번은 더 오고 싶음. 그 지랄 같았던 1년의 고생이 고생이라고 안 느껴짐. 보상이 넘쳐서 은혜받은 느낌이 되었다.

이건우ㅋㅋ. 영어 발음 미쳤음ㅋㅋㅋ. 처음에 엘프어 발음 섞어서 말하는데 소름 쫙 끼침. 내 옆에 있던 애들 완전 넋이 나감ㅋㅋㅋㅋ.

실물 개미쳤다. 니네도 보면 기절할걸? 진짜 기절하는 애들 몇몇 있었음ㅋ. 내가 백팩에서 카메라 꺼내서 조립하니까 고맙게도 애들이 날 데리고 앞자리로 감ㅋ. 한국에서 온 기자인 줄 알았나 봐ㅋ.

[요정왕 이건우.jpg]

지금 봐도 미쳤다 ㄷㄷㄷ. 옆에 있는 배우들도 할리우드 배우인데 오징어로 만드는 수준. 흑흑.

시사회 티켓 이벤트했는데 개슬펐음ㅠㅠ. 위에 실버맨이랑 찍었던 꼬마애가 어디 아픈가 봄. 치유 마법 걸어 달랬는데 건우님이 와서 걸어줌ㅠㅠ. 진짜 마법 나가는 줄……

건우님 티켓 두 장 꼬마한테 다 줬는데 축제 분위기 됐음!

마지막에 건우님이 부른 헬멘스의 성전……. 이건 직접 들어봐라. 나는 울었다ㅠㅠ.

내가 한국어로 여기 좀 봐달라고 하니까 건우님이 손 흔들어줌ㅋㅋ. 건우님이 손 흔드니까 에란 로비랑 스테판이랑 같이 다 흔듬ㅋㅋ.

진짜 내 인생 최고의 날이었다.

이제 다시 내년을 위해 돈 모아야지.

댓글 5,431

롱바디: 개부럽다. 진짜, 건우님 귀여운 거 보소ㅋㅋㅋ.

요요엘프: 저 엘프 애 희귀병 걸렸다는데… 아빠가 글 올렸음. 누가 번역해 놨던데.

─RE: 나랑결혼헬멘스: 진짜? ㄷㄷㄷ.

─RE: 21세기드워프: 여기 주소. [링크]

─RE: 나랑결혼헬멘스: 눈물 난다. 정말 귀여웠는데…….

대출은대창: 얼ㅋㅋㅋㅋ. 저 실버맨 이건우임ㅋㅋㅋ.

─RE: 나랑결혼헬멘스: 그건 또 뭔 신박한 헛소리임?

─RE: 대출은대창: ㅋㅋ여기 올라와 있음ㅋㅋ. 해외 팬들이 밝혀냄ㅋㅋ. 처음에 긴가민가했다는데. 저 애 아빠가 제보함ㅋㅋ. 실버맨이 해준 사인이 이건우 사인이라고 함ㅋㅋ.

─RE: 나랑결혼헬멘스: 헉. 미친ㅋㅋㅋㅋ. 나 건우님이랑 같

이 사진 찍었네ㅋㅋ. 미쳤다ㅋㅋㅋ.

타자기: 성지순례 왔습니다.

김오지: 성지순례 왔다 갑니다. 시험 합격하게 해주세요.

이 게시글은 해외까지 번역되어 흘러갔다. 실버맨이 건우라는 것이 밝혀진 것은 최근의 일이었다. 처음에는 실버맨이 내린 차량이 건우의 차량과 똑같다는 말로 시작되었다. 안타깝게도 증거는 없었는데, 실버맨과 건우의 사진을 비교하면서 논쟁이 이어졌다.

그러다가 소피아의 아빠가 올린 게시글이 퍼져 나가면서 실버맨은 확실하게 건우로 밝혀졌다.

소피아는 수술을 앞둔 상태이며, 코믹콘에서 실버맨이 사인해 줬다고 보여줬는데 그게 이건우 사인과 흡사했다는 이야기였다. '골든 시크릿'의 팬층은 다양했기에 전문가의 필체 감정까지 들어갔는데, 그로 인해 실버맨의 정체가 건우라는 것이 밝혀지게 되었다.

소피아의 가난한 집안 사정이 알려지자 모금이 이루어졌다. '골든 시크릿'의 팬들의 기부 행렬이 이어졌고 모금 끝에 결국 수술비를 마련할 수 있었다. 미국의 주요 뉴스에서는 그 소식을 엘프의 기적이라고 보도하고 있었다.

건우도 이 소식을 매니저를 통해 알게 되었다.

시사회 날짜는 수술 이후에 잡혀 있기 때문에 무사히 수술을 마쳐야 시사회에 참석할 수 있었다.

큰 수술을 앞둔 소피아에게 건우도 힘이 되어주고 싶었다. 찾아온 인연이었다. 어쩌면 전생에 소피아에게 도움을 받았을지도 몰랐다. 그게 아니더라도 건우는 순수한 마음으로 돕고 싶었다.

건우는 크리스틴 잭슨 감독에게 전화를 했다.

―오! 건우!

"안녕하세요?"

―하핫! 내가 미국에 돌아온 걸 알고 전화한 거야?

"그렇죠."

영화 후반 작업이 모두 끝났다는 소식은 듣기는 했다. 개봉일이 다가오고 있어서 그런지 크리스틴 잭슨 감독의 목소리에는 흥분이 가득했다.

건우는 잠시 이야기를 나누다가 용건을 꺼냈다. 소피아가 입원한 병원에 방문하고 싶다고 이야기를 하면서 소품을 빌릴 수 있는지 물어보았다.

―좋은 일을 하는 건데 당연히 가능하지. 내가 알아서 준비할게.

"감사합니다."

―나도 그 소식은 들었어. 안타깝더라고. 잘 생각했어. 좋

은 일은 아무리 많이 해도 부족함이 없지.

크리스틴 잭슨 감독이 지원을 해준다고 하니 마음이 든든해졌다.

건우는 소피아의 아빠에게 개인적으로 연락했다. 번호는 어렵지 않게 구할 수 있었다. 소피아의 아빠는 무척이나 기뻐하며 건우의 방문을 환영한다고 말해주었다.

큰 수술이라 성공을 장담하지 못하는 상황이고, 시사회 날짜까지 회복하는 것도 어렵다고 하는데 건우는 모든 내력을 쏟아부어서라도 기운을 차리게 해줄 생각이었다.

시사회 때 소피아의 솔직한 감상평을 듣고 싶었다. 병원과도 사전에 협의가 되었다.

'감독님 말대로 좋은 일은 아무리 해도 부족함이 없지.'

방문 날짜가 잡혔다. 수술에 들어가기 며칠 전이었는데, 일주일 뒤였다. 그때까지 건우는 최대한 내력을 모을 생각이었다.

건우는 가부좌를 틀고 조용히 운기를 시작했다.

*   *   *

일주일 뒤, 크리스틴 잭슨 감독이 차를 보냈다고 연락이 왔다. 그동안 아무런 말없이 조용하길래 혹시 잊고 있지는 않을까 걱정했었는데, 그런 것은 아니었다. 크리스틴 잭슨 감독은 약속을 확실하게 지키는 사람이었다.

컨테이너 박스 같은 거대한 트레일러가 달린 트럭이 등장했다. 건우는 그 위엄 넘치는 모습에 잠시 트럭을 바라보았다. 로봇으로 변신할 것 같은 위용이었다.

트럭의 운전석에서 드워프 분장을 하고 있는 크리스틴 잭슨 감독이 내렸다. 건우는 그가 직접 올 줄은 몰라 깜짝 놀랐다.

"감독님?"

"놀랐나? 하지만 아직 놀라긴 이르지!"

크리스틴 잭슨 감독은 씨익 웃었다. 트럭을 손바닥으로 몇 번 두드리니 뒤에 달려있는 짐칸의 문이 열리며 많은 사람들이 내렸다.

에란 로비, 제시카를 비롯한 E팀의 배우들과 스테판, 다니엘이었다.

건우는 그 모습에 웃음을 터뜨릴 수밖에 없었다.

"그리고 우리 분장 팀원들도 있어."

분장 팀원들이 손을 흔들었다.

E팀의 배우들과 서로의 안부를 물었다. 일찍 하차해서 오랜만에 보는 배우도 있었기에 반가웠다.

"자! 출발하자!"

크리스틴 잭슨 감독이 운전석을 탔고 건우는 트레일러에 올랐다.

안에 올라서 분장을 받았다. 영화 촬영이 끝나고 나서 벌써 두 번째 분장이었다. 분장팀에서 이번에는 코믹콘 때보다 더 신경을 써서 분장을 해주었다.

모두의 마음가짐이 가볍지 않았다. 비장한 분위기까지 흘렀다. 마치 황금 산맥으로 여정을 떠나는 것 같은 모습이었다. 모두의 분장이 끝나고 조금 휴식을 취하자 대형 병원 앞에 도착할 수 있었다.

어떻게 알았는지 기다리고 있는 기자들도 보였다. 비밀로 해달라고 했는데, 씨알도 먹히지 않은 것 같았다. 그러나 기자들도 소란을 피우지 않고 질서 정연 한 모습이었다.

건우가 먼저 내리자 배우들이 따라 내렸다.

"흐음, 이곳이 인간들의 병원인가. 삭막한 곳이구만! 자! 어서 엘프 꼬마를 구하러 가자고!"

다니엘은 여전히 드워프 역에 심취해 있었다. 건우는 피식 웃으면서 앞장서서 병원 안으로 들어갔다. E팀은 늘 하던 대로 건우를 호위하듯이 둘러싸고 이동했다.

제법 요정왕의 행차다운 모습이었다.

기자들이 그 모습을 담기 바빴다. 병원 안까지는 따라오지 않았다.

병원 안에 들어가니 관계자들이 마중 나와 있었다. 병원 관계자들도 나름 '골든 시크릿' 분위기로 복장을 입고 있었다.

단체로 엘리베이터를 탔다.

"오, 이런 철 덩어리가 움직이다니 신기하구만. 마법인가?"

"엘븐스에도 설치했으면 좋겠습니다."

다니엘과 제시카가 그렇게 말했다. 재미가 붙은 모양이었다.

엘리베이터에서 내려 소피아가 있는 병동으로 향했다.

일반 병동이 아니라 어린이 병동이었다. 건우는 복도를 지나면서 환자복을 입은 많은 아이들을 볼 수 있었다. 모두 안쓰러운 모습이었다.

"와아!"

"멋지다!"

아이들이 눈을 반짝이며 건우 일행을 바라보았다. 건우는 핼쑥한 아이들의 얼굴이 마음에 걸렸다. 어려서부터 아무것도 못 하고 병원에만 있어야 한다는 건 굉장한 고통일 터였다. 그리고 그것은 아이들만의 고통이 아니라 그걸 지켜보는 부모님 역시 가슴이 찢어지는 고통을 느끼고 있을 것이기도 했다.

건우는 웃으면서 손을 흔들어주었다. 아이들은 건우의 작은 행동에도 대단히 신기해했다.

건우뿐만 아니라 에란의 표정도 좋지 않았다.

"이 아저씨랑 이야기 좀 할까?"

스테판은 아이들에게 다가가 자상한 표정을 짓고는 떠들기 시작했다. 대단히 부드러운 말투였는데, 말이 많기는 하지만 아이들이 굉장히 좋아했다. 건우는 스테판의 새로운 모습을 볼 수 있었다.

아이들의 부모님도 웃으면서 그 광경을 바라보았다.

병원 관계자들이 소피아가 있는 병실로 안내해 주었다.

긴장한 듯한 크리스틴 잭슨 감독의 얼굴이 보였다. 그는 마치 산타클로스처럼 선물을 잔뜩 들고 왔는데, 소피아뿐만 아니라 이 병원에 입원에 있는 어린아이들에게 선물을 나눠줄 계획이었다.

건우는 어린아이들이 읽을 만한 책들을 구입해 병원 측에 기증할 계획이었다. 소피아의 선물도 물론 준비했다.

건우는 소피아가 있는 병실 앞으로 다가갔다.

슬쩍 내부를 바라보니 소피아의 모습과 함께 병실을 볼 수 있었다.

소피아는 코믹북을 보고 있었는데, 병실이 넓고 쾌적한 것이 건우의 마음에 들었다. 기부금으로 좀 더 좋은 치료를 받을 수 있게 샌디에이고에서 제일 좋은 병원으로 옮긴 결과였다. 익명이기는 하지만 건우도 기부했다.

'다행이야.'

만약 소피아가 시사회에 참여하지 못한다면 건우 역시 시사회에 즐거운 마음으로 참여할 수 없을 것 같았다. 건우는 소피아에게 꼭 영화를 보여주고 싶었다.

병원 관계자가 에단을 데리고 나왔다. 에단은 소피아의 눈치를 보다가 소피아가 코믹북에 집중하는 것이 보이자 조용히 병실의 문을 닫았다.

"진짜 오셨군요!"

"오크 모습이 아니라 다행이네요."

"하핫! 그렇습니까?"

에단은 건우를 보자마자 환하게 웃으며 건우와 악수를 나눴다. 에단의 얼굴은 좋아 보였다. 코믹콘 때 진한 오크 분장을 하고 있었지만 얼굴에 진 그늘을 가릴 수는 없었는데 지금은 그의 얼굴에 희망이 감돌고 있었다.

살아갈 원동력을 얻은 것처럼 보였다. 건우는 기적이 따로 있는 것이 아니라 이런 것이 기적이 아닐까 하고 생각했다.

건우도 웃으면서 그를 바라보았다.

"소피아는 어떤가요?"

"코믹콘에 갔다 오고 나서 아주 많이 건강해졌어요. 의사들도 기적이라고 할 정도로요! 요정왕의 마법이 통했나 봐요."

"그럴 리가 있겠습니까? 다 소피아가 잘 버틴 덕분이겠죠."

에단은 울컥했다. 그의 눈시울이 붉어졌다. 여러 가지 감정이 교차하는 듯했다. 소피아의 외출은 모든 것을 정리하기 위한 마음도 어느 정도는 있었다. 비록 확률은 적지만 그래도 희망의 끈을 놓지 않고 이어갈 수 있으니 에단은 지금 행복한 시간을 보내는 중이었다.

에단을 지켜보던 제시카와 에란도 눈물을 글썽였다. 아직 소피아를 만나지도 않았는데 벌써부터 울음바다가 되려 하고 있었다.

에단은 모두에게 감사를 표한 후 병실 안으로 들어갔다.

모두가 병실의 벽에 붙어서 귀를 쫑긋하고 소피아의 이야기에 집중했다.

"아빠랑 약속했던 거 기억나지?"

"응! 참을 수 있어."

"그래! 착하네."

"정말 친구가 생길까?"

소피아의 불안한 목소리가 들려왔다. 어려서부터 병실에만 있어서 친구가 없었다. 병원에서 아는 아이들이 있기는 했지만 친구라고 하기에는 부족했다. 그나마 친했던 아이가 병으로 죽고 난 뒤에는 한동안 마음의 문을 닫았던 소피아였다.

그 외로움을 알고 있는 에단은 안쓰럽게 소피아를 바라볼 수밖에 없었다.

"친구라면 이미 생겼지! 하하핫!"

다니엘이 그렇게 외치며 먼저 들어갔다. 소피아는 다니엘의 모습을 보고 눈이 동그랗게 떠졌다.

"드워프 아저씨?"

"허허! 안녕! 꼬마야."

소피아는 깜짝 놀란 표정이었다. 그러다가 함박웃음을 머금었다.

"근데, 어떻게 그렇게 커졌어요?"

"응?"

소피아의 말에 다니엘은 당황한 표정이 되었다. 드워프는 대단히 작아야 했지만 다니엘은 꽤 키가 큰 편이었다. 분장을 해서 비율을 낮추기는 했지만 오히려 덩치가 더 커진 느낌이 있었다.

갑작스러운 소피아의 질문에 난감해진 다니엘이 뭐라고 대답할지 고민하던 순간이었다.

"내가 마법으로 커지게 했단다."

건우가 천천히 병실로 들어왔다. 그의 발걸음은 우아했고 기품이 있었다.

건우는 온화한 요정왕을 연기하고 있었다. 방금 전 에단과 대화했던 사람이라고는 믿을 수 없을 정도로 분위기가 확 바뀌어 있었다. 마치 빛무리가 감도는 것 같은 아름다운 모습이었다.

그 모습에 병원 관계자들이 크게 놀란 눈치였다. 건우를 호위하듯이 뒤따르는 엘프들도 압권이었다. 할리우드에서도 아무나 쉽게 볼 수 없는 장면일 것이다.

"와아! 요정왕님이다!"

소피아가 코믹북을 옆으로 던지고는 건우에게 다가왔다. 건우가 자세를 낮추자 건우에게 그대로 안겼다. 건우는 가볍게 소피아를 안아들고 눈을 맞췄다.

단 한 번의 만남이었지만 건우와 소피아는 대단히 친해 보였다. 처음 봤을 때는 안쓰러울 정도로 핼쑥했었는데, 지금은 살이 좀 붙었는지 더 귀여워졌다.

"건강해 보이는구나."

"많이 나았어요!"

소피아의 눈은 반짝반짝 빛났다. 혈색도 많이 좋아졌다. 건강이 회복되고 있는 것이 눈에 보여 안심이 되었다.

건우가 넣어준 기운이 많이 소모되기는 했지만 걱정할 정도는 아니었다. 아직 어리기 때문인지 잠재력이 많이 활성화되어 있는 것 같았다.

추궁과혈이나 벌모세수이라고 할 정도는 아니었지만 건우의 깨끗한 기운은 소피아의 건강뿐만 아니라 잠들어 있는 재능을 깨우는 데도 좋은 역할을 할 것이다.

"있잖아요. 그래서……."

소피아는 건우에게 그동안 있었던 일을 조잘조잘 이야기했다. 모두 그 모습을 보며 훈훈한 미소를 지었다. 병원 관계자들은 건우의 그런 모습을 사진으로 남겼다. 어떤 이미지 메이킹 같은 의도가 담긴 것은 아니었다.

혹자들은 소피아를 돕는 일이 가식적이라고 비꼴 수도 있겠지만 건우는 그렇게 생각하지 않았다. 건우는 좋은 일을 하면 한다고 알리는 것이 더 효과가 있다고 생각했다. 누군가에게 긍정적인 변화를 일으킬 수 있었기 때문이다.

건우는 소피아를 침대에 내려놓았다.

소피아가 에단을 힐끔 바라보다가 건우의 귓가에 가까이 다가와 속삭이듯 말하기 시작했다.

"아빠는 마법을 안 믿는 것 같아요."

"그래?"

건우는 소피아의 말에 피식 웃었다. 소피아가 느낀 기운은 그녀가 느끼기에 마법이라고 생각할 수밖에 없을 것이다. 나중에 자라면서 자연스럽게 착각했다고 생각하겠지만 건우는 소피아의 동심이 오래갔으면 좋겠다고 생각했다.

건우 역시 그녀에게만 들릴 수 있게 조용히 속삭였다.

"사실 마법을 아는 사람은 별로 없단다."

"정말요?"

"그래. 이번에는 비밀 마법을 걸어줄게. 누구한테도 알려주지 않은 마법이야."

"와아! 흡……!"

소피아가 다급히 자신의 입을 막았다. 큰 눈을 굴리며 주위의 눈치를 보다가 건우와 눈을 맞추고는 웃었다. 건우가 손을 내밀자 소피아는 건우의 손 위에 자신의 손을 올려놓았다.

건우는 살짝 웃으면서 소피아를 바라보다가 소피아의 내부를 들여다보았다.

'내 기운이 없었다면 힘들었겠군.'

시간이 얼마 지나지 않았음에도 나쁜 기운들이 쌓여 있었다. 예전처럼 선천지기에 영향이 미칠 정도는 아니었다.

코믹콘에서 자신을 만나지 않았다면 소피아는 지금 꽤 큰 고통을 겪고 있었을 것이다. 건우는 자신과 소피아의 인연이 닿은 것이 고마웠다. 그의 스승이 인연의 고마움을 알아야 한다고 했던 말이 떠올랐다.

건우는 소피아의 몸에 있는 탁기를 모조리 흡수하고 기운을 불어넣기 시작했다. 갑자기 몸이 가벼워지고 상쾌해지니 소피아도 그것을 느꼈는지 신기하다는 표정이 되었다. 소피아는 건우를 바라보며 눈을 반짝였다.

소피아는 나이가 어리기 때문에 혈맥이 아직 덜 막혀 있었다. 건우가 대량으로 불어넣은 기운 덕분에 일시적이지만 남들이 볼 수 없는 것을 볼 수 있었다.

소피아는 건우에게서 눈을 뗄 수 없었다. 그의 주변에서 은

은하게 빛이 나고 있었다. 마치 보석과도 같은 빛이었다. 그 빛은 소피아가 본 모든 것들 중에서 가장 아름다웠다.

하늘에 있는 태양보다 더 멋진 것 같았다.

"와아."

소피아가 멍한 표정을 짓다가 환하게 웃으며 좋아하자 주변 사람들은 무슨 일인지 몰랐지만 그냥 그 모습이 귀여워 같이 웃었다.

건우는 최대한 줄 수 있을 만큼 내력을 불어넣었다. 보통 내력과는 달리 주화입마에 빠지거나 할 위험은 없었다. 건우가 모은 내력의 본질은 감정이었고, 감정은 누구나 가지고 있는 것이기 때문에 내력이 날뛰지 않고 온몸으로 잘 흩어졌다.

내력이 남아 있을 동안은 조금 더 감성적이고 감각이 예민해질 수 있지만 큰 문제는 되지 않을 것이다. 오히려 어렸을 때 이런 기운을 느끼게 된다면 긍정적으로 발전할 가능성이 많았다.

'무림에서 익혔다면… 고수들을 마구 생산해 낼 수 있었겠네.'

은거고수와 기인들이 많은 무림마저 지배할 수 있을 법한 힘이었다. 건우는 자신이 익히고 있는 무공이 무림에 나타나지 않은 것이 정말 다행이라고 생각했다. 어쩌면 과거에 있었던 혈겁이 이 무공과 관련이 있을지도 몰랐다.

"다 됐다."

"고마워요!"

소피아는 건우의 목에 매달렸다. 에단이 말렸지만 건우가 괜찮다고 말해주었다. 건우는 내력을 상당히 소모했지만 지장은 전혀 없었다. 오히려 소모된 내력이 생각나지 않을 만큼 따듯한 감정이 느껴져 기운이 나는 것 같았다.

"하하! 선물을 가지고 왔단다!"

크리스틴 잭슨 감독이 먼저 말을 꺼냈다.

건우와 크리스틴 잭슨 감독은 가지고 온 선물을 꺼냈다.

소피아는 물론이고 병실에 있는 아이들에게도 모두 나눠주었다. 건우가 준비한 것은 여러 가지 학습 용품과 '골든 시크릿' 한정판 인형이었다. 라인 랜드에서 한정 판매할 상품이었는데, 건우가 직접 라인 랜드 관계자와 만나서 구할 수 있었다. 구하느라 조금 고생했는데 소피아가 좋아하는 모습을 보니 보람이 느껴졌다.

건우와 배우들은 소피아와 많은 이야기를 나누었다.

크리스틴 잭슨 감독과는 특히 많이 친해졌다. 크리스틴 잭슨 감독도 딸이 있어서 더 마음이 가는 모양이었다.

"유니콘들도 뛰어다닌단다."

"와아! 정말요?"

"그럼! 건강해지면 엘븐스에 꼭 데려가 주마!"

"마음대로 들어가도 되요?"

소피아가 크리스틴 잭슨 감독을 보면서 물었다. 크리스틴 잭슨 감독은 피식 웃으면서 건우를 가리켰다.

"요정왕한테 허락을 맡았으니 괜찮아."

"요정왕님! 고마워요!"

소피아의 말에 건우는 웃으면서 고개를 끄덕일 뿐이었다. 크리스틴 잭슨 감독은 나중에 정말로 세트장으로 데려갈 생각인 것 같았다. 뉴질랜드까지는 멀었지만 할리우드에도 일부 세트장이 있으니 불가능한 이야기는 아니었다.

소피아는 행복해 보였다. 상상만 해도 즐거운 나날들이 기다리고 있었기 때문이다.

"소피아, 그럼 다음에 보자."

"…네."

건우의 말에 소피아가 시무룩한 표정이 되었다. 건우는 소피아의 머리를 쓰다듬어 주었다.

"친구와 헤어질 때는 웃는 모습을 보여주는 게 좋단다. 그래야 다음에 만날 때 더 기분이 좋지."

"다음에 볼 수 있어요?"

"그럼. 가끔 놀러올게."

건우가 그렇게 말해주자 소피아는 겨우 다시 웃고는 고개를 끄덕였다. 시사회도 있었고 소피아가 회복될 때까지 주기적으로 연락을 할 생각이니 다음에 만날 기회가 또 있을 것이었다.

건우는 소피아를 한차례 더 안아주고 소피아의 병실 밖으로 나왔다. 바로 돌아가지 않고 어린이 병동을 돌아다니면서 선물을 나눠주었다.

"와아!"

"멋있다!"

기뻐하는 아이들을 보며 눈시울을 붉히는 아이들의 부모를 보니 건우의 마음도 좋지 않았다. 전생의 자신도 불행했지만 운이 좋은 편이라는 생각이 들었다. 적어도 건강하게 자랐으니 말이다.

"왜 귀가 길어요? 진짜 귀예요?"

"만져봐도 돼요?"

아이들에게 인기가 가장 많은 것은 역시 건우와 E팀 배우들이었다. '골든 시크릿'을 몰라도 분장한 그들의 모습은 충분히 아름다워 보였으니 호감이 갈 수밖에 없었다. 특히 건우는 인기가 엄청났는데 가는 데마다 아이들이 졸졸 따라왔다. 팔과 다리에 매달려서 조금 난감해질 정도였다.

아이들의 뿜어내는 감정의 색채가 점차 밝아지는 것이 보였다. 처음에는 칙칙한 색이었지만 이런 작은 즐거움에도 대단히 아름다운 빛깔로 물들었다. 건우는 세상 모든 사람들이 이렇게 아이들처럼 순수했다면 세상은 좀 더 살기 좋은 곳이 되지 않을까 하고 생각했다.

건우는 뿌듯한 마음이 되었다. 이런 활동을 좀 더 많이 하는 것도 좋을 것 같았다. 건우의 수련에도 많은 도움을 줄지도 몰랐다. 그게 아니더라도 마음에 평화를 주었다.

'너무 앞만 보고 달려온 건지도 모르겠어.'

드라마와 노래, 영화, 그리고 무공까지.

생각해 보면 주위에 조금 더 신경 쓸 수 있었는데 그렇게 하지 못했다. 늘 주변에 있을 거라고 당연하게 여겼던 이들이 떠올랐다.

그들을 생각하니 절로 미소가 지어졌다.

'전화를 돌려볼까?'

지금까지 특별한 용무가 있지 않는 이상 사적으로 먼저 전화를 한 적은 거의 없었다. 모두 상대방 측에서 연락이 왔고 최선을 다해 그들을 대하면서도 조그마한 거리는 두고 있었다.

건우가 갑자기 전화해서 안부를 묻는다면 모두 분명 깜짝 놀랄 것이다. 건우는 이번 일을 통해 좀 더 자신이 성장한 것 같은 기분이 들었다. 머릿속에 있던 안개가 걷히고 맑아진 것 같았다. 늘 앞만 보이던 시야에 주변이 보이기 시작했다.

'주위를 돌아볼 여유를 갖자.'

조급해할 필요가 전혀 없었다. 인생은 기니 천천히 달려가도 괜찮을 것이다.

건우는 한결 가벼운 마음이 되었다. 병원에서 제법 오랫동안 머물면서 아이들과 즐거운 시간을 보낸 뒤 LA로 출발했다.

"으… 벌써 거의 다 왔네."

"그러게요. 아쉽네요."

에란과 제시카가 그렇게 말했다. 다른 배우들도 모두 고개를 끄덕였다.

LA에 가까워질수록 모두 헤어지기 아쉬운 눈치였다. 특히 E팀 배우들이 유독 아쉬워했는데, 에란과 제시카는 건우의 곁에서 떨어질 줄 몰랐다.

영화 촬영을 하며 이미 친해졌지만 벽은 있었다. 건우가 벽을 만들고 있었기 때문이다. 건우는 그들과 한 걸음 더 가까워질 수 있는 계기가 생겼으면 좋겠다고 생각했다.

'이럴 때는……'

경험을 살려 생각해 보면 같이 밥이나 술을 먹는 것이 최고였다. 식사를 하고 술을 마신다면 효과가 더 좋을 것이다. 건우는 트레일러 안에서 크리스틴 잭슨 감독과 배우들, 그리고 수고한 스태프들을 바라보면서 조심스럽게 입을 떼었다.

"괜찮으시면 제 집으로 저녁 초대를 하고 싶은데요. 어떠신가요?"

건우의 말에 모두가 건우를 바라보았다. 잠시 정적이 내려 앉았다.

"좋아!"

"꺄악! 반드시 갑니다!"

옆에 있던 에란이 벌떡 일어나며 말했고 제시카도 비명을 지르며 동의했다. 다른 E팀 배우들은 격하게 고개를 끄덕였다. 크리스틴 잭슨 감독은 물론이고 스태프들도 마찬가지였다.

집은 무척이나 넓고 냉장고에는 충분히 많은 재료들이 있었다. 마트와도 가까워 재료를 조달하기에 충분했다. 건우의 머릿속에서 빠르게 계획이 잡혀졌다.

"괜찮아? 미리 준비해 놓은 게 아닐 텐데……."

"가서 바로 요리를 하면 돼. 술도 꽤 있으니 기대해도 좋아."

"오! 요리?"

에란이 격한 관심을 보였다. 제시카도 귀를 쫑긋 세웠고 크리스틴 잭슨 감독은 아예 돌아앉아 건우를 바라보았다.

"어머니가 분식집, 음, 그러니까 작은 음식점을 하시거든. 나도 많이 도와드렸지. 내가 만든 메뉴도 꽤 있어."

건우가 그렇게 말하자 모두의 표정에 기대가 가득 담겼다. 건우는 그런 기대가 전혀 부담스럽지 않았다. 요리는 건우가 자신 있는 분야였다.

건우의 분식집은 다양한 메뉴가 있기로 유명했다. 미국 현지의 입맛에 안 맞을 수도 있지만, 소스를 바꾸면 괜찮을 것이다. 뛰어난 기억력으로 이미 각자의 음식 취향을 파악한 지 오래였다.

'딱 좋은 게 있네.'

벌써 여러 가지 요리들이 머릿속에 떠올랐다. 아마 모두를 만족시킬 수 있을 것이다.

크리스틴 잭슨 감독이 뭔가 생각났는지 건우를 바라보았다.

"아! 그러고 보니 건우는 한국에서 왔지?"

"네, 갑자기 왜요?"

"아니, 그냥 뭔가 외계에서 온 것 같기도 해서 말이지. 네가 뭔가 어느 나라 출신이라고 하는 게 어색하네, 하핫."

건우는 그의 말에 피식 웃었다. 건우가 한국인이라는 건 거의 대부분의 사람들이 알고 있었지만 오히려 가까이에서 지낸 배우들은 한국이라는 말을 들으니 어색하게 느껴했다.

건우가 보여주는 모습은 하나부터 열까지 전부 평범하지 않아서, 무언가 아주 특별한 곳에서 왔다는 생각이 은연중에 깔려 있었기 때문이다. 아틀란티스나 신비의 대륙 뮤에서 왔다고 해도 그런가 보다 하고 믿을지도 몰랐다.

한국은 케이팝 같은 한류 컨텐츠 덕분에 예전과는 달리 대외적으로 많이 알려져 있지만, 만족스러울 정도는 아니었다.

그래도 건우 덕분에 한국에 대한 관심을 표하는 이들도 상당히 많았다. '골든 시크릿'의 팬들 중에는 한국 하면 요정왕의 나라라고 생각하는 이들도 있었고, 가수 이건우를 아는 이들은 한 번쯤은 들어보았을 테니 말이다.

그렇기에 건우는 현재 한국의 음악 평론가들에게 케이팝을 한 단계 위로 격상시킨 인물로 평가받고 있었다.

LA로 돌아와 각자 숙소에서 간단히 준비를 마친 이들이 건우의 집으로 모였다. 모두 영화에 관련된 스케줄 외에는 딱히 할 일이 없었기에 건우처럼 한가했다. LA가 아니라 다른 지역에서 머물고 있는 배우도 있었지만 예약했던 비행기 표까지 취소하고 건우의 집으로 왔다.

건우의 집은 상당히 넓었기에 모두 모여서 작은 파티를 하기에는 전혀 문제가 없었다. 차고도 새롭게 지었고 그 김에 정원도 새로 정비를 해서 상당히 괜찮았다.

배우들은 모두 깔끔한 차림으로 왔는데, 분장을 했을 때와는 역시 분위기가 달랐다. 오늘 급작스럽게 한 약속이었지만 어디서 구했는지 모두 뭔가 하나씩 선물을 들고 있었다.

"여기가 건우의 집?"

"넓네. 혼자 살기에는 적적하지 않을까? 혹시 룸메이트 받냐고 물어볼까?"

"제시, 그런 발언 안 좋아."

"깐깐하기는."

에란과 제시카의 말이 들려와 건우가 나가서 그녀들을 맞이했다. 제시카가 선물로 좋은 리본이 장식되어 있는 와인 하나를 들고 왔다.

선물을 받자 제시카가 포옹을 해왔다. 볼 뽀뽀를 하려는데 에란이 제시카의 옷을 잡아당겼다.

"왜? 유럽식 인사인데."

"이거 선물이야."

제시카의 말을 무시하며 에란이 수줍게 건넨 것은 향수였다. 건우는 사양하지 않고 받았다. 에란과 제시카는 눈을 반짝이며 건우의 집 이곳저곳을 둘러보았다.

건우가 허물없이 대하고 있다는 것을 느낀 것인지 모두와 좀 더 가까워진 느낌이었다. 제시카의 경우에도 장난이 조금 심해졌다. 에란은 여전히 수줍어했지만 그래도 더 많이 친해진 기분이었다.

"오! 이거… '달빛 호수'지?"

"나도 봤어요."

"음? 오! 역시 멋지구만."

에란과 제시카, 크리스틴 잭슨 감독이 건우의 사진들을 보고 감탄했다. 집은 혼자 지내기에 지나치게 커서 꽤 많은 공간이 남았다. 그래서 에이전트를 통해 팬들이 보내준 것들을 전시해 놓았고, 드라마를 촬영하며 찍은 사진들은 나름 괜찮게 전시해 놓았다.

셋은 건우의 이전 작품을 알고 있었지만 스테판이나 다니엘, 그리고 E팀의 몇몇 배우들은 아니었다. 때문에 색다른 건우의 모습을 뚫어져라 바라보더니 감탄을 내뱉었다.

사진 이외에는 몇몇 악기와 책들이 전부였다. 집을 빌릴 때 가구들도 모두 풀 세팅이 되어 있어서 손님 접대에는 무리가 없었다. 다만, 주방 용품은 건우가 한국에서 공수해 온 것들이었다.

무공의 경지를 떠나 역시 요리 칼은 손에 잘 맞는 것을 써야 했다. 그래야 더 의욕이 생기기도 했다.

타다다다!

건우는 현란하게 바로 요리에 들어갔다. 시간이 조금 걸리는 몇몇 요리는 이미 완성되어 있었고 다른 요리들은 즉석에서 만들었다.

'음, 빨리 만들어야겠는걸.'

병원에서 그렇게 열심히 돌아다니기도 했기에 벌써 시간은 늦은 저녁이었다. 건우는 요리에 속도를 내기 시작했다.

건우의 칼 놀림은 대단히 현란해 보였다.

거의 묘기에 가까운 칼 놀림에 모두가 말을 잊을 수밖에 없었다. 즉석에서 맛을 보고 어림잡아 만드는 모습이 마치 쉐프를 보는 것 같았다.

"오오!"

"멋진데?"

건우는 모두 모여서 자신을 바라보고 있자 피식 웃고는 평소에는 하지 않는 불 쇼까지 보여주었다. 반응은 폭발적이었다. 건우의 거만한 미소와 요리하는 폼은 꽤나 잘 어울렸다.

요리를 빠르게 끝내고 다른 이들의 도움을 받아 세팅까지 완벽하게 해냈다. 건우는 선물받은 모든 술을 꺼내 테이블에 올려놓았다. 와인, 양주, 한국의 소주도 있었다.

테이블이 가득 찰 만큼 요리와 술은 많았다. 건우는 이 모든 것이 사라지지 않는 이상 집으로 돌려보내지 않을 생각이었다.

"정말 대단한 걸? 비주얼은 거의 미슐랭 3스타급인데?"

크리스틴 잭슨 감독은 테이블에 올려져 있는 요리를 보고 감탄했다. 요리들은 기본적으로 한식 베이스였지만 양식을 가미했다. 퓨전 요리라 보는 편이 맞았다. 환상적으로 야채를 조각한 것들도 있어 보는 맛도 충분히 있었다. 야채를 조각하는 것 따위는 건우에게 무척이나 쉬운 일이었다.

겉모습이 훌륭하니 요리의 본질인 맛도 훌륭할 것이라는 생각이 절로 들었다.

건우의 분식집은 한식, 중국 요리, 그리고 가벼운 양식에 이르기까지 다양했기에 건우도 전부 소화할 수 있었고, 거기서 더 발전시킨 형태까지 만들어냈다.

건우의 미각은 지구에 있는 모든 인간들과 비교해 봐도 훨씬 뛰어났다. 취향을 감안하더라도 절대 맛이 없을 리가 없었다.

요리의 비주얼 역시 대단히 화려했다. 에란과 제시카는 먹어서 망가지기 전에 그 모습을 사진으로 담기에 바빴다.

"이거 올려도 돼?"

"응? 마음대로."

에란이 건우가 만든 요리를 SNS에 올려도 되는지 물어봤다. 크리스틴 잭슨 감독이 핸드폰을 들어 올렸다. 요리 주위에 앉아 있는 건우와 배우들의 모습이 담겼다.

술잔에 술을 따르고 모두 술잔을 들었다. 크리스틴 잭슨 감독은 건우를 바라보았다. 건우도 술잔을 들고는 모두와 한 차례씩 눈을 맞췄다.

"오늘 초대를 받아주셔서 감사합니다. 많은 이야기를 하고 싶지만… 음, 일단 먹으면서 이야기하죠. 식으면 맛이 없으니까요."

건우가 그렇게 말하자 모두 건우의 요리를 먹기 시작했다. 한입 베어 문 에란의 눈동자가 크게 떠졌다. 에란은 영화배우 생활을 하며 웬만한 맛있다는 음식은 모두 섭렵했다. 지금은 건우가 있어 스트레스가 거의 없었지만 예전에는 먹는 걸로 스트레스를 풀었다. 미국의 유명한 맛집은 거의 다 가본 에란이었다. 그러나 건우의 요리는 한 차원 다른 경지에 있었다.

섬세하게 혀를 터치하는 맛의 향연! 취향이 아닌 요리도 있었지만 맛의 밸런스가 너무 완벽하여 손을 뗄 수 없게 만들었다.

에란의 눈가에는 살짝 눈물마저 맺혀 있었다. 요리를 먹으면서 눈시울을 붉히는 모습은 우스꽝스러워 보일지도 몰랐지만 건우에게 있어서는 꽤 감동적인 장면이었다.

'최선을 다할 만하군.'

분식점에서 어머니를 도와주었던 옛날 생각도 나고 좋았다.

"맛있어!"

"이, 이거 이름이 뭔가요?"

"장난 아니야! 완전 마약 수준이야!"

에란과 제시카, 크리스틴 잭슨 감독은 격하게 반응했다. 다른 배우들도 마찬가지였다. 스테판의 쉬지 않던 입도 요리를 먹기에 바빴다. 스테판이 조용한 것은 기적과도 같은 일이었다.

'이게 어머니의 마음인가?'

걸신이 들린 듯 요리를 흡입하는 모습에 건우는 훈훈한 마음이 되었다. 할리우드 배우와 그 유명한 크리스틴 잭슨 감독

이 자신의 요리를 미친 듯이 먹고 있는 장면은 현실성이 없기
는 했다.

'체중은 알아서 관리하겠지?'

건우는 완전히 하차했으니 훈련에 참여할 이유가 없었다.
에란과 제시카, 그리고 다른 배우들은 여전히 몸매를 유지하
기 위해 노력하고 있지만 영화 촬영 일정도 끝났으니 그렇게
타이트하지는 않았다. 2부 촬영에 들어가기 전에 다시 훈련을
시작할 것 같았다.

아무튼 순식간에 그릇이 비워져서 건우는 다시 주방에서
요리를 내와야 했다.

"이제… 다른 요리는 못 먹어."

에란이 비어 있는 그릇을 보면서 그렇게 말했다. 건우 때문
에 입맛이 업그레이드되어 버려 다른 음식을 맛있게 먹을 수
있을지 의문이 들었다. 차라리 건우의 요리를 몰랐던 때가 그
리울지도 몰랐다.

에란은 건우를 바라보았다. 살짝 웃으면서 이야기를 하는
데, 모두 그의 이야기를 듣고 있었다. 사람을 끌어당기는 정도
가 아니라, 아예 블랙홀처럼 흡입해 버리는 매력을 지니고 있
었다.

'이 세상 사람 같지가 않아.'

에란은 건우가 지금보다 훨씬 더 유명해지고, 나중에는 자

신이 범접할 수 없는 존재가 될 거라고 생각했다. 촬영 일정 내내 건우를 옆에서 봐온 에란은 확신할 수 있었다.

아마 이번 영화가 개봉되면 여기 있는 누구보다 몸값이 오를 것이다.

'열심히 해야겠어.'

에란은 의욕이 마구 상승하는 것을 느꼈다. 그동안 같이 지내면서도 가까워졌다는 느낌은 들지 않았는데, 오늘은 왠지 가까워진 것 같아 기분이 좋았다. 그와의 사이를 견고하게 막고 있던 벽이 사라진 것 같았다.

에란은 핸드폰을 켜서 SNS에 빠르게 사진을 올렸다. 그러면서 건우의 이름을 검색해 기사를 살펴보았다.

'벌써 기사가 떴네?'

병원에 다녀간 지 반나절도 되지 않았는데 벌써 기사가 올라와 있었다. 아직 영화가 개봉하기 전이었지만 관심이 대단했다. 예고편만으로도 엄청난 화제를 모으기에 충분했기 때문이다.

'그 느낌……'

건우와 연기를 할 때 느껴지는 알 수 없는 몰입감, 그리고 절로 가슴에 스며드는 감정은 전율 그 자체였다. 예고편으로도 약하기는 하지만 그런 느낌을 받을 수 있었다.

아마 그걸 지켜본 많은 이들이 소름이 끼치는 경험을 했을 것이다. 건우는 연기를 잘한다는 수준을 넘어 다른 경지에 이른 것 같았다.

오죽하면 그 할리우드의 화난 사자라는 별명을 가지고 있는 이안이 촬영 내내 웃고 다니겠는가? 연기에 대해서만큼은 대단히 엄격한 이안이었는데 건우와 있을 때면 웃음이 떠나가질 않았다.

에란은 차분하게 기사를 읽어보았다. 기사를 읽을수록 그녀의 입가에 걸린 미소가 진해졌다.

<중간계의 영웅들>

그런 제목의 기사였다.

기사 내용은 대단히 호의적이었다. 소피아와의 인연부터 시작해서 오늘 한 봉사 활동까지 모두 적혀 있었다. 건우와 소피아의 만남은 상당히 드라마틱했고 마치 소설 같은 느낌마저 주었다.

병원 측에서 사진을 받았는지 사진도 기재되어 있었는데, 건우가 소피아를 안고 다정하게 서 있는 장면이 사진으로 올라와 있었다. 요정왕 분장을 한 상태라 대단히 아름다웠고, 소피아도 귀여워 둘은 환상적으로 잘 어울렸다. 마치 요정왕과 어린 셀라의 모습을 보는 것 같았다. 당장 영화 포스터나 코믹북 표지로 써도 좋을 정도였다.

에란은 직감할 수 있었다. 이 사진만으로도 많은 화제가 될 것이고 이제 슬슬 활동하기 시작한 건우의 팬들에게 많은 힘이 되어줄 것이다. 건우의 팬사이트로 가보니 난리도 아니었다. 팬사이트 메인 사진에 건우와 소피아의 사진이 걸려 있었다.

제시카의 시선이 느껴져 옆을 살짝 보니 제시카가 미소를 지으며 고개를 끄덕였다. 그녀의 두 눈에는 애정이 듬뿍 흐르고 있었다. 에란과 제시카는 건우의 팬사이트에서도 활동을 했는데, 서로의 닉네임까지 알고 있었다.

에란과 제시카가 눈빛을 교환하면서 웃는 것을 본 건우는 그저 둘의 사이가 대단히 좋다고 생각할 뿐이었다. 에란은 엘프 공주로 뽑힐 정도의 미녀였고 제시카도 만만치 않았다. 아름다운 자매를 보는 것 같은 모습이었다.

크리스틴 잭슨 감독은 신이 난 듯 보였다.

"좋아! 오늘은 끝까지 마셔야겠어!"

"괜찮겠어요? 남아 있는 술이 아주 많은데."

"하하! 뭐가 문제가 되겠어? 마셔라! 마셔!"

크리스틴 잭슨 감독은 이미 조금 취한 듯했다. 건우는 피식 웃으면서 고개를 끄덕였다.

띵동!

벨이 울렸다. 건우가 밖으로 나가니 커다란 술병을 들고 있는 이안의 모습이 보였다.

"히허! 안녕하신가."

"오! 이안 씨. 안녕하세요?"

"기사로 읽어보았네. 좋은 일을 했더군. 같이 가지 못해 미안하네."

"아닙니다. 아! 들어오시지요."

건우의 집에서 모임을 갖는다는 말에 스케줄을 마치고 급하게 온 이안이었다. 이안이 안으로 들어오자 모두 환하게 웃으며 환영해 주었다.

"헤이! 현자님!"

"오! 현자가 왔다!"

"오오오!"

"거참, 자네들은 나 없으면 아무 것도 못하나? 이래서 어디 중간계를 구할 수 있겠나?"

뜨거운 반응에 이안은 미소 지으면서 그렇게 말했다.

건우는 그 모습을 보면서 조금 더 다가가길 잘했다는 생각이 들었다.

'선입견에 빠져 있던 건 오히려 나인지도 모르겠어.'

할리우드 배우들도 결국 같은 사람이었다. 석준이나 진희처럼 모두 격식 없이 친해질 수 있을 것이다. 오랜 촬영 기간 동안 모두 건우에게 호감을 가지고 있었으니 이제 건우가 한 발자국만 다가가면 되었다.

이런 날에 음악이 빠질 수 없었다.

"신청곡 받습니다."

"오오!"

"역시 빌보드 1위 가수!"

건우가 기타를 들며 그렇게 말하자 모두 소리를 질렀다.

건우는 진심으로 웃으면서 나름 광란의 파티를 주도했다. 뿌듯하고 행복함이 느껴지는 좋은 날이었다.

『톱스타 이건우』 7권에 계속…

초대형 24시 만화방

신간 100%, 샤워실, 흡연실, 수면실(침대석), 커플석, 세탁기 완비

▪ 광명 광명사거리역점 ▪

경기도 광명시 오리로 986 광명사거리역 6번 출구 앞 5층
02) 2625-9940 (솔목타워 5층)

▪ 강북 노원역점 ▪

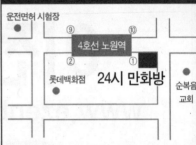

서울 노원구 상계동 340-6 노원역 1번 출구 앞 3층
02) 951-8324 (화용빌딩 3층)

▪ 일산 정발산역점 ▪

경찰서 ● 　　　　 정발산역 ●

제2 공영주차장 ● 　　　 롯데백화점 ●

24시 만화방　　E　C　A
　　　　　　　　　라페스타
　　　　　　　　F　D　B

라페스타 E동 건너편 먹자골목 내 객잔건물 5층
031) 914-1957

▪ 일산 화정역점 ▪

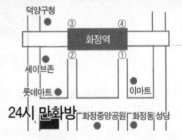

경기도 고양시 덕양구 화정동 984번지 서일빌딩 7층
031) 979-4874 (서일사우나 건물 7층)

▪ 부천 역곡역점 ▪

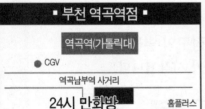

역곡남부역 기업은행 건물 3층
032) 665-5525

▪ 부평역점 ▪

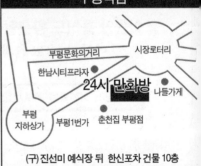

(구) 진선미 예식장 뒤 한신포차 건물 10층
032) 522-2871

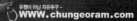

神教
慶文影
洞湯

천미신교
낙양지부

정보석 新무협 판타지 소설

FANTASTIC ORIENTAL HEROES

무협武俠의 무武란 무엇을 뜻하는가?
바로 자신의 협俠을 강제强制하는 힘이다.

자신을 넘어, 타인을 통해, 천하 끝까지 그 힘이 이른다면,
그것이 곧 신神의 경지.

일개 인간이 입신入神하기 위해
필요한 것은 무엇인가?

지금, 그 답을 찾기 위한
피월려의 서사시가 시작된다!

Book Publishing CHUNGEORAM

FUSION FANTASTIC STORY

설경구 장편소설

저니맨 김태식

한 팀에서 오래 머물지 못하고
이 팀, 저 팀을 옮겨 다니는
저니맨(Journey man)의 대명사, 김태식!
등 떠밀리듯 팀을 옮기기도 수차례.

"이게… 나라고?"

기적과 함께 그의 인생에 찾아온 두 번째 기회!

"이제부터 내가 뛸 팀은 내 의지로 선택한다!"

더 이상의 후회는 없다!
야구 역사를 바꿔놓을
그의 새로운 야구 인생이 펼쳐진다!

Book Publishing CHUNGEORAM

유행이 아닌 자유추구 -
WWW. chungeoram.com

FUSION FANTASTIC STORY　류승현 장편소설

리턴 마스터

2041년, 인류는 귀환자에 의해 멸망했다.

최후의 인류 저항군인 문주한.
그는 인류를 구하고 모든 것을 다시 되돌리기 위하여
회귀의 반지를 이용해 20년 전으로 돌아갔다. 하지만…….

"어째서 다른 인간의 몸으로 돌아온 거지?"

그가 회귀한 곳은 20년 전의 자신도, 지구도 아니었다!

다른 이의 몸으로 판타지 차원에
떨어져 버린 문주한.
그는 과연 인류를 구원할 수 있을 것인가!

Book Publishing CHUNGEORAM